# 奥さまは痴女

庵乃音人

Otohito Anno



紅文庫

# 目次

装幀　遠藤智子

# 奥さまは痴女

# 序章

城戸健は興奮していた。

こんなに昂ったことも、そうはない。

「ああ、美佳さん」

「ハアァン、城戸くん、いけないわ、だめ……んっはあぁ……」

その人をベッドに押したおし、荒々しくおおいかぶさる。罪もない美しい人妻は困ったように美貌を赤らめ、激しくかぶりをふった。

篠崎美佳、三十六歳。

かつて同じ会社で働いた、あこがれのマドンナ。寿退社をし、健の先輩である篠崎達夫の妻になっている。

篠崎は、二十九歳になる健より九歳ほどの年長の辣腕サービスエンジニア。

ともに勤める中堅ＩＴ企業で、中小企業向けのシステム販売を担当している。

健は篠崎からいろいろと教えられ、一人前になった。

そういう意味では頭のあがらない上司であり、先輩である。

さわやかでたくましいアスリート系の身体つきと笑顔を持つ篠崎が女性にモテるのも納得している。

だがそれでも、美佳の心まで奪ったことはやはり許せなかった。

健が新入社員として入社するやいなや、たちまち彼をとりこにした七歳年上の庶務担当ＯＬ。

清楚な美貌とやさしい性格、おっとりとしながらも仕事はテキパキとできる有能さにも強く惹かれた。

そして、男なら誰でも狂いそうになる、そのむちむちと肉感的な官能ボディにも。

「きゃああ、城戸くん、だめぇぇ……」

「はぁはぁ……おお、エロい、美佳さん」

いやがる美佳の手をしつこく払いのけ、ブラウスの胸もとをつかんで左右に割った。

美佳が着ているのはまぶしいほど白い、清潔感あふれるブラウスだ。強引にひろげたためにボタンが吹っとび、窓ガラスや壁に勢いよく当たる。

ブラウスから露になったのは、はちきれそうなボリュームで男のハートを鷲づかみにする圧巻のおっぱいだ。

美佳がOLだったころは、いつもほの暗い思いで盗み見た巨乳が、とうとう眼前にさらされる。

Gカップ、九十五センチは楽にあるはずの圧倒的なふくらみ。純白のブラジャーを道連れに、ユッサユッサとはずむように揺れる。

「ああ、美佳さん、揉みたかった、このおっぱい、ずっと揉みたかった」

万感の思いとともに、訴えるように健は言った。

「ハァン、城戸くん、だ、だめ……」

――城戸くん。

(……えっ？)

健は違和感をおぼえる。目の前にいる美佳とは違う女性が、今たしかに、自分を呼んだ。

　しかもその声は、どう考えても美佳である。

（な、なんだ）

　──城戸くん、うえっ、ひぐっ……。

（……ええっ？）

　空耳ではないようだ。だとしたらなんだ、今の声は。

　健はつい眉（まゆ）をひそめた。

「ああ、いや、許して、城戸くん……」

「あっ……」

　そうだった。そんなことに気をとられている場合ではない。

「美佳さん、ああ、と、とうとうこんな瞬間が。ようやく美佳さんのおっぱいが揉める」

「いやあ……」

　健はかぶりをふり、気持ちを集中させた。

　ふたたび美佳のおっぱいに興味を戻すや、ブラジャーをずらそうとブラカップの縁に指をかける。

「アハァン、いや、やめて。いけないわ、城戸くん。私には主人が……主人が──」

「そ、そんなこと言われても、もう我慢の限界です。ああ、美佳先ぱ──」

──城戸くん、しっかりして。

(──っ！　ま、まただ……)

そんな場合ではないはずだった。

目の前にはようやく本懐を果たせそうな、魅惑の人妻がおっぱいさえ飛びださせて仰臥(ぎょうが)している。

それなのに、なぜだか集中できなかった。邪魔をするように鼓膜にとどく、謎(なぞ)の声が気になってならない。

──城戸くん、かわいそう。えぐっ、ひぐっ……。

(美佳さん……)

耳にするだけでとろけそうになる、鈴を転がすようなその声は、やはりまちがいなく美佳のもの。

悲しみに打ちひしがれているらしく、嗚咽(おえつ)まじりになっていた。

だが、勘違いではなさそうだ。

——泣くな、ばか。死んだわけじゃあるまいし。

すると、もうひとつの声がそれにつづく。

同じように聞きおぼえがあった。

まぎれもなく美佳の夫、篠崎の声だ。

(えっ……えっえっ、どういうこと。あっ……)

こうなると、もういやらしい行為に集中してなどいられない。

抱きすくめていたはずの美佳が、いきなりすっと遠のいていく。

「美佳さん」

——城戸くん、城戸くん、えぐっ……。

遠ざかっていく美佳に声をかけた。だが、帰ってきたのはどこからか聞こえる嗚咽の声だ。

これはおかしい。

明らかに。

健はようやく気づいた——今、自分はどこかに還(かえ)っていこうとしている。

——城戸くん、うえっ、ひぐっ……。

——泣くなって言ってんだろ。

——だって、だって……えぐっ……。

ひそひそと交わされるふたりの声に、とつぜん電話の音がかさなった。

スマートフォンのコール音に思えた。

健は暗い海の底から急上昇をしていく。すぐそこに、キラキラと輝く青い海面が近づいてくる。

「ちょっと悪い」

「あなた……」

「しかたないだろ、仕事の電話だ」

美佳と篠崎の小さな声が、さらにリアルに耳にとどいた。健はいよいよきらめく海面に飛びだそうとする。

その刹那(せつな)、誰かが引き戸を開けた。「もしもし」という小声が聞こえる。どうやら篠崎が出ていったようだ。

(出ていったって、どこへ……？)

さっぱりわけがわからなかった。

健はまぶしさに目を細め、水面から勢いよく顔を出した。

(……えっ)

視界いっぱいにひろがったのは、見なれない白い天井だ。どうやら自分は、仰向けになって寝ているようである。

左脇に、嗚咽する人の気配があった。

「…………」

ゆっくりとそちらに顔を向ける。

美佳だった。ベッド脇の椅子に座り、ハンカチで目を押さえて泣きじゃくっている。

「ひぐっ……かわいそうに……城戸く……えっ」

目があった。

美佳は動きを止め、驚いた様子で目を見張る。

「き、城戸くん、起きたの？」

身を乗りだした。

「起きたのね？　ああ、うそ……ねえ、わかる？　私がわかる？」

「……美佳……さん……」

真摯（しんし）に問われ、健は返事をした。

そうだ。

思いだしてきた。

健の脳裏に、ことここにいたる記憶が断片的によみがえりだす。

休日の夜だった。

健は篠崎家にお邪魔をし、美佳の手作り料理と酒をたらふくご馳走（ちそう）になった。

篠崎とふたり、ずいぶん飲みかわした。

上司やクライアントの悪口を言いながら飲む酒は、ことのほか身体によくまわった。

したたか酔った。帰途についた。乗り遅れたらまずいと焦りながら、駅の階段をホームへと急いだ。

足がもつれた。

しまったと思いつつ階段を転げおち、したたか頭を打った――健はそこまで思いだした。

「よかった。よかった。城戸くんのばか。心配したんだから」

美佳はさらに泣きはじめた。美しい一重の目から大粒の涙をあふれさせ、身も世もなく号泣する。

「美佳さん……」

やさしい女性である。見目麗しさだけでなく、健はこの人の、こんな人柄にも惚(ほ)れたのだ。

たしか、両親は教師だった。

父親が高校教師、母親は小学校の教師だったと記憶する。

厳しい両親だったからあまりいい思い出はないのと、いつでも美佳は困ったように笑い、決して多くは語らなかった。

だがこの人柄は、そんな両親の教育のたまものかもしれない。

健はぼんやりと、完全には覚醒(かくせい)しきらない頭を持てあましながら、美佳を見あげた。

卵形の小顔。背中までとどくストレートの黒髪が、サラサラと流れるように動いている。

涙に濡れる美貌は、まさに大和撫子。

古きよき時代の日本の女性をイメージさせる和風の美貌は、抜けるような肌の白さのおまけつきである。十二単でも着せたなら、これほどさまになる女性もそうはいないのではないだろうか。

高貴さを感じさせる両目に、すっととおった高い鼻すじ。

そのくせ唇はぽってりと肉厚で、ふるいつきたくなるような艶めかしさをたたえている。

そのうえ、首から下の肉体がかもしだす迫力は、楚々とした美貌とはアンバランスだ。

どこもかしこもむちむちと肉感的。見ているだけで股間がムズムズしてくるほど、かおりたつ色香が尋常ではない。

夢の中で見たとおり、おっぱいがはちきれんばかりに盛りあがっていた。

過去に触れたことも、この先触れることもないだろうが、見るからにやわらかそうで、しかもズシリと重たげだ。

小玉スイカを仲よくふたつ、胸もとにしのばせたような圧倒的な眺め。そのうえ乳房はよくはずみ、持ち主が動くたび、いっしょに房を躍らせる。

(ああ……)

こんなときでもドキドキと、胸をはずませられる自分に健はあきれた。だってこの人は、自分のために泣いてくれている。

官能的なその魅力に、ばかまるだしでうっとりしていてよいわけがない。

「あの……美佳——」

「ばか、ばかばか。城戸くんのばか」

まだうまく声も出せないが、健は謝罪しようとした。

どうして美佳たちがここにいるのかわからなかったが、いずれにしても健に事故が起きたと知り、駆けつけてくれたことはまちがいがない。

だが美佳は、なおも泣きじゃくりながら健をしかる。

健はうれしかった。

胸が甘酸っぱくキュンとした。

この人はこういう人だった。いつでもやさしく、他人を本気で心配し、我がことのように案じてくれる。

「心配したんだから、このまま目をさまさなかったらどうしようって」

嗚咽しながら、美佳は言った。そんな人妻の胸にせまる姿に、さらに惚れてしまいそうになる。

「美佳さん、すみま――」

――よかった。ほんとによかった。

（えっ）

そのときだ。

健は虚をつかれる。

美佳はなにも言っていない。

それなのに、たしかに脳に、人妻の言葉がしっかりととどく。

（あ……あれ……？）

「頭、痛い、城戸くん？　けっこう強く打ったみたいだけど……」

目を真っ赤に泣きはらし、美佳は健の頭にそっと手を伸ばした。

「あ、いえ、えっと……」

健は我に返る。

そう言われてみればどうだろうと頭部に意識を向けたが、頭がぼんやりしているだけで、特にズキズキするわけではない。

健はかぶりをふった。大丈夫だとアピールする。

「そう、よかった……」

美佳は心底安堵したような顔つきになった。

すると。

――私ったらばかみたい、こんなに泣いてしまって。いいおとななのに、あきれられてるかしら。

(……はあ?)

またもだと、健は思った。

いったいなにが起きているのかわからず、きょとんとしたまま美佳を見あげる。口が動いてもいないのに、どうして美佳の声が聞こえるのだろう。

「あっ……あなた」

美佳が背後をふり返って言った。視線の先を追うと、引き戸を開けて、篠崎が戻ってくる。

やはりここは病院かなにかのようだ。部屋の造りを目にした健は、そう確信した。

「おう、気がついたか」

目があった篠崎は目を見開き、うれしそうに言った。そそくさとスマホをポシェットにしまう。

「篠崎さん、すみません……俺、なにがなんだか……」

なおも混乱したまま、健は言った。

ここにいる理由は自分なりに合点がいったが、ふたたび戻ってきた世界は、かつていた世界となにかが違う。

「大丈夫、大丈夫。ああ、よかったよ、城戸、目がさめて。ほんとによかったなあ」

「え、ええ……」

大股（おおまた）で近づいてきた篠崎は破顔し、うれしそうに言って美佳に同意を求めた。

美佳は何度もうなずき、鼻をすすって、ハンカチで目をぬぐう。

——女の人？

またしても美佳のものらしき声が聞こえた。

もちろん、美佳はなにも言っていない。篠崎から顔をそむけ、涙をふき、鼻にもハンカチを添えている。

——女の人からの電話だったの？

（美佳さん……？）

おぼえる違和感は、さらに激しくなった。

いったいなんなのだ、この奇妙な声は。まるで心の声でも聞こえているかのような——。

（心の声）

自分で思っておきながら、健はハッとした。

まだなお頭は覚醒しきっていなかったが、自ら思ったひとつの仮説に、強く心をうばわれる。

（心。心の……声。あっ……）

またも電話のコール音がした。

けたたましいその音は、篠崎の鞄の中からする。

——まいったな。

今度は篠崎のものらしき声がとどいた。健はギョッとし、思わず篠崎を見あげてしまう。

篠崎はスマホをとりだし、画面をたしかめた。苦虫をかみつぶしたような顔つきになる。

——しつこいな、ったく。あとで電話するって言ったのに、春菜のやつ。

(春菜?)

その名を聞き、健は自分の眉間にしわがよるのを感じた。聞いたことなど一度もないという名前ではなかったからだ。

「看護師さん、呼んでくるよ」

篠崎は美佳に言い、またしても病室を出ようとした。

「ついでに電話も。まいったよ、休みだっていうのに。うるさいお客なんだ」

篠崎は妻と健に苦笑し、あわてて病室をあとにした。

引き戸が閉じると、くぐもった音で篠崎の声が聞こえた。声は、あっという間に遠ざかっていく。

――浮気。

美佳の声が聞こえた。健は人妻を見る。

――私……やっぱり浮気されてる。

(――っ。美佳さん)

もはや疑いようがなかった。

やはり自分にとどいているのは美佳の、そして篠崎の心の声だ。

(冗談だろう)

力なく横たわったまま、健は愕然(がくぜん)とした。いったいどうして、こんな声が聞こえてくるのだ。

(あっ……)

美佳と目があう。

美しい人妻は、ブルーになる心をふるいたたせるかのように、柔和な笑みを健に向けた。

「大丈夫よ、城戸くん。きっとすぐ退院できる」

涙に濡れた目をキラキラと光らせ、もう一度健に手を伸ばした。白魚の指が健の頭にそっと触れる。

「先輩……」

「ごめんね、あの人にあんなに飲まされたせいで。ひどい人ね」

美佳は夫をなじるように言い、

「ほんとにひどい人」

もう一度言った。

(美佳さん)

健は胸を締めつけられる。

涼やかな目から、またも涙がぼろりとあふれた。

# 第一章　先輩ＯＬの豊艶ヒップ

## 1

――しつこいな。あとで電話するって言ったのに、春菜のやつ。

退院をしても、そんな篠崎の心の声が、ずっと心に引っかかった。

その結果、会社に復帰をはたして以来、健はさりげなくその人のことを観察することになった。

村瀬（むらせ）春菜、三十二歳。

同じ部署で働く、独身の先輩ＯＬだ。

「どうしたの、城戸くん」

「あっ……なんでもないです」

ついぼうっとしてしまった。

心で舌打ちをする。

居酒屋のシートに座りなおし、ビールのジョッキをぐいっとあおった。

対面の席には当の本人——春菜がいた。

と言っても、健が誘ったわけではない。春菜のほうから相談があると言われ、定時後ふたりで店に入った。

会社の連中に見られないよう、もより駅からはかなり離れた大衆的な店を選んだ。

ほどよい広さの店内は、すでに満席状態。酔った客たちが、それぞれの席で笑い声をあげている。

「そうですか……篠崎さんとね……」

健は心の中で、こほんとせき払いをした。

たった今、春菜から篠崎との関係を打ちあけられた。もっとも彼女に告白されるまでもなく、とっくに自明の理ではあったが。

篠崎と春菜は、やはり不倫の関係だった。

そしてそのことに、春菜はずっと苦しみつづけていた。復帰した健は春菜の心の声を盗み聞きして、そのことを知った。

そう。

やはり健には、不思議な能力が発現していた。

おそらく事故で、頭を打ったせいだろう。

人の心が読めるのだ。人々が心で思うあれこれが、洪水のように脳のなかに流れこんできた。

退院をして、すでに二週間。

この間、健は自分が獲得した驚嘆すべき能力にとまどい、持てあましつつも、少しずつそれを飼いならしつづけた。ともに働く人々の、知らなかった秘密を次々と知る日々を送りながら……。

たとえば――。

ある男性の先輩社員は、会社では厳格なのに、じつはかなりの風俗好きで、SMクラブに行くことをひそかな楽しみにして生きていた。

妻帯者の部長には女装の趣味があった。

後輩OLのかわいい娘は、現在三人の男を天秤(てんびん)にかけ、二股どころか三股をしながら、結婚相手の品定めをしている。

そして春菜は、思ったとおり禁断の恋の渦中にあった。彼女の苦悩は、ぬきさしならないほどにまで高まってしまっていた。

その結果、彼女は篠崎と仲のよい健に相談を持ちかけてきたのである。

篠崎云々は関係なく、健と春菜は気楽に会話を交わす仲。少なくとも健は、この人に親しみを感じていた。

「どうしたらいいんだろう……」

春菜はグレープフルーツサワーのジョッキを艶っぽくかたむけ、ため息をついた。

恥をしのんで告白した感じ。

きまじめな春菜にしてみれば、まさに清水の舞台から飛びおりるような覚悟で苦悩をさらしたことだろう。

酒には弱いと言っていたが、たしかにそのようだ。

まださほど飲んだわけでもないのに、早くも頬に朱色が差し、目もともいくらかとろんとしてきている。

もともと色っぽい女性だった。だが酒を飲んだことで、さらに艶めかしさが増していた。

女性というのは、本当に不思議である。

だが、それはそれとして——。

(まいったなあ)

気づかれないよう、健は心でため息をついた。

どうしたらいいのかと問われたならば、これ以上深入りしないほうがいいと言うしかないのである。

なぜならば、篠崎の心の声も聞いていた。篠崎にとって、春菜は完全に遊びなのである。

美佳と別れて春菜と再婚したいなどという気持ちはみじんもなく、目的は身体しかないようだった。

(かわいそうな春菜先輩……まあ、篠崎さんの気持ちもわからないではないけど……)

重苦しい気分でなおもビールを飲み、健は春菜を盗み見る。

まじめでお堅いOLは、仕事もよくできたが、よく見ればかなりの美人であった。銀縁の眼鏡をかけているせいで、ほとんどの男性社員が気づいていないだろうが、あるときふと、会社で眼鏡をはずしたこの人を見て、健は息を呑んだ。

眼鏡をかけると度のせいで小さくなってしまうが、じつはくりっと目が大きく、二重の目もとにはうっとりするような優美さがあった。

ややつり目がちなところも、なんともたまらない。

鼻の頭はややまるみがかっていたが、そんな鼻の形も、この人に親しみやすさという武器を与えていた。肉厚の朱唇にも、男心をそそるセクシーなものがある。

熟れはじめた肉体のもっちりぷりも、美佳に負けずおとらずだ。

いや、むしろ、おっぱいやヒップの迫力という意味では、美佳より四歳年下の春菜のほうに軍配があがる。

今日の春菜は、ホワイトのブラウスに紺のスーツスカートといういでたち。

ブラウスの胸もとをはちきれんばかりのふくらみが、圧巻のボリュームで押しあげている。

おそらくHカップ、百センチ前後はあるだろう。

巨乳好きらしい篠崎が、春菜のこの乳房に魅了されたらしいことは、彼の心の声でわかった。

篠崎にかぎらず、たいていの男は誰だって、こんなおっぱいが近くにあったらひとたまりもない。

しかも、春菜の肉体的魅力は胸だけではなかった。

スカートの臀部をパツンパツンに盛りあげるヒップの充実ぶりも、まさに国宝級。

ほかの男性社員たちが、春菜のヒップにちらちらといけない視線を走らせている現場を、彼は何度も目撃していた。

そんな極上級の独身美女を、篠崎はただ身体めあてで落とし、すでに何度もやりまくっていた。

そしてその結果「そろそろこいつにも飽きてきたな」などと、聞くに堪えないひとり言まで胸のうちでつぶやくようになっていたのである。

――私がエッチな変態だって、篠崎さんに気づかれたわけじゃないわよね。

（……えっ）

そのときだった。

とつぜん脳裏に、春菜のものらしき心の声が飛びこんでくる。

最近になり、ようやく健は誰かの心の声をコントロールできるようになっていた。

今日も周囲にはたくさんの酔客がいるが、心の扉に鍵をかけ、彼らの声はシャットアウトしている。

扉を開けているのは、春菜に対してだけだった。

（今、なんて言った、この人）

健は耳を疑った。正確に言えば耳ではないが、とにかく飛びこんできた言葉を持てあます。

――うん、気づかれているとは思えない。私がエッチなドＭだって。

（な、なんだって）

するとまたしても、春菜の心の声が脳髄に突きささった。

まさか心をリーディングされているとは夢にも思わないだろう。

酔いににごった両目をテーブルに向け、春菜はぼうっとした感じで酒を口にする。

（ドMだったのか、春菜さんって）

知らなかった秘密を、思いがけず手に入れてしまった。

健は我知らず浮き足だつ。しかもこのことは、不倫関係にある篠崎にも隠しているらしい。

つまり今、自分は特別な間柄である篠崎ですら知らないことを知ってしまったのである。

（どうしよう）

いろいろな意味で「どうしよう」の連続だった。酒でも飲まなければ平常心を保てない。

健は中ジョッキの取っ手をつかんだ。

「ぐびぐびぐび」

「あっ……だ、大丈夫、城戸くん？」

「平気です。へっちゃらです。ぐびぐびぐび」

少しずつ酔ってはきていたが、これで酔いは完全なものになるだろう。健はジョッキに残っていたビールをひと息に飲みほす。

そんな彼を、ぽかんとした顔つきで春菜が見ていた。

「ぷはあ」

「まあ……」

空になったジョッキをテーブルに置く。

気が大きくなった。

健は店員を呼び、三杯目の中ジョッキを注文する。平常心を保つつもりが、一気に酔いがまわりはじめた。

（ええい）

篠崎には悪いが、彼の真意はわかってしまっている。あんなに素敵な奥さんがいるというのに、コソコソと浮気などしている彼にも納得できないものがあった。

篠崎の前では必死に抑えている感情が、酔いのせいでみるみる心のおもてに噴きだしてくる。

「春菜先輩」

「は、はい」

居ずまいをただし、対面の春菜を見た。緊張した様子で、春菜もジョッキを置き、背すじを伸ばす。

「じつは俺……」

「………」

「ちょっと、誰にも言えない能力があって」

「……うん？」

「信じてもらえるかどうか、あれですけど」

「城戸くん……？」

「…………」

春菜は目をまるくし、きょとんとして健を見た。

ふたりの間に、長い沈黙が降りる。

やがてようやく、春菜が口を開いた。

「あの――」

「別れたほうがいいです、篠崎さんとは」

「……えっ」

なにか言いかけた春菜を制し、健は断言した。そんな彼を、息を呑んで春菜が見る。

「城戸く――」

「わかるんです、俺。なんていうのかな、霊感みたいなものがあって」

「れ……霊感？」

意外なことを聞いたと言わんばかりの顔つきだった。春菜は驚いたように目を見張り、ぽかんと口を開けて健を見る。

「あ、あの、それじゃ」

「ああ、それと」

酒の酔いが全身をしびれさせはじめたのを感じながら、健はさらに進言しようとした。

口をつぐむ年上のＯＬに言う。

「べつに隠さなくてもいいと思いますよ、俺は」

「……はっ？」

「…………」

「な、なんのこと」

薄気味悪そうに、春菜は美貌をこわばらせた。健は周囲をはばかるようにあたりをうかがい、身を乗りだして小声で言う。

「じつはドMだってことですよ」

「──っ!?　き、きき、城戸くん……」

春菜は口を押さえ、飛びのくように椅子の背もたれに身体を押しつけた。

その驚きは特大級のものだったろう。

フリーズし、口に両手を当てたまま、信じられないものでも見るように、目を見開いてこちらを見つめる。

「べつに隠さなくてもいいじゃないですか、そんなこと。て言うか」

健は春菜に顔を近づけ、ささやいた。

「そんな大事なことを隠してエッチをしたって、ちっとも気持ちよくないんじゃないですか」

2

人生というのはわからない。

健は心からそう思った。

まさかいきなり人の心が読めるようになったばかりか、そのせいで、こんな夜まで迎えることになるなんて。

「ハアァン、城戸くん……んっんっ……」

「はぁはぁ……春菜さん、んっ……」

……ピチャピチャ、れろん、ちゅぱ。

とろけるような接吻(せっぷん)だった。狂おしいほど抱きしめあって、春菜と熱烈なキスにふける。

酔ったせいか、発情のゆえか、ベッドに押したおした熟女ＯＬの身体は、意外なほど熱かった。

ふたりとも服を脱ぎ、下着姿になっている。

春菜は漆黒のブラジャーとパンティをつけていた。

健の胸に押しつぶされ、たわわなおっぱいがやわらかくひしゃげ、弾力的にはずむ。

眼鏡もすでにとらせていた。

春菜はやはり、こうして見るとかなりの美人。特別な権利を与えられた男だけが拝める尊顔に、健はたまらなくいい気分になる。

――ああ、私ったら、まさか城戸くんとこんなことに……。

（おっ……）

春菜の心の声がとどいた。熱烈なキスにおぼれつつも、まだなお春菜はとまどっている。

無理もない。それが春菜というまじめな女性だった。不倫とは言え、彼女には交際している篠崎がいるのだ。

それなのに……。

（春菜先輩）

つい先ほど、人気のない夜道で起きた出来事を思いだす。

居酒屋を出たふたりは、ゆっくりと駅に向かった。

そしてあたりに誰もいない裏通りを通過しているとき、春菜は豹変した。

健の手をとるや、ビルの間の暗がりに彼を連れこむ。闇の中でもその両目は、なんとも艶めかしくきらめいていた。

「城戸くんだったらしてくれるの？」

すがるように健に抱きつき、声をふるわせ、春菜は聞いた。

「こんないやらしい女でも、軽蔑しないで抱いてくれる？　私のこと、明日からも嫌いにならないで、ちょっとの間だけ夢を見させてくれる？」

弱い酒をいささか飲みすぎ、理性を失っていたのかもしれない。

健が不思議な力を持つ霊能者だと知り、すがりつきたくなるような思いにもなっていたことだろう。篠崎との間に未来などないと、健に告げられたことも関係していたか。

いずれにしても、春菜は健に救いを求めた。

――嫌いにならないで。お願い、城戸くん……。

心の中で、泣きそうな声で春菜は言った。フンフンと鼻息を荒くして、自分からもむさぼるように彼の口を求めてくる。

祈るかのようなその心の声に、健は甘酸っぱく胸をしめつけられた。

(春菜さん)

――ドMなの。ほんとにドMなの。こんなこと恥ずかしくって、誰にも言えずに我慢してきたけど……。

「嫌いになんかなりませんよ」

健は春菜に言った。

春菜はギクッと身をすくめ、耳を疑うように目を見開く。

「城戸くん」

「先輩がしてほしいって思ってたこと、今夜は俺がしてあげます。篠崎さんにしてほしかったのに言いだせなかった、あんなことやこんなこと」

「あああ……」

とろんとしていた目つきが、さらにしどけなくドロリとにごった。健を見つめる両目に、今まで見たことのない畏敬(いけい)の念めいたものがこもる。

「ほんとなのね」

もうどうにでもしてというような表情になり、春菜は声をふるわせた。

「春菜さん……」

先輩ではなく「さん」づけで呼んだ。以前は感じていたはずの、心の距離はとっくになくなっている。

「ほんとに、霊能者さんなんだ……知らなかった、城戸くんにそんな力があったなんて……」

どこかうっとりとしている顔つきにも見えた。

正確に言うなら、健はこの人をだましていたが、本当のことなど言えるわけがない。言わぬが花ということは、やはりこの世にはあるのである。

「もっともっと、信用させてあげますよ」

「きゃっ……」

健にはこの人に罪悪感があったが、春菜もまた、篠崎に対して罪の意識をおぼえていた。

だが現にそうでありながらも、同時に春菜はあらがいきれない情欲に身も心もさいなまれている。

そのことを、すでに健はいやというほど知っていた。

「ハァァン、城戸くん……」

下着姿の熟女を四つんばいにさせる。

チェックインしたのは、駅から離れたラブホテル。タクシーを飛ばし、近くまで来て、二人でこっそりとここに入った。

ベッドのほかにはなにもない、まさにやるためだけの部屋。部屋の明かりは落としていたが、とっくに闇に目は慣れている。

（やっぱりすごい尻）

自分でさせておきながら、目の前に現出した豊艶（ほうえん）なヒップに、健は息づまる気持ちになる。

突きだされた臀部は、巨人の国の水蜜桃のよう。

パンティの布をパツンパツンに突っぱらせ、暴力的なまでのボリュームをこれでもかとばかりにアピールする。

下着の縁が肌に食いこむ眺めにも、男を浮きたたせるものがあった。

ふたつのまるみの中央に、淫靡（いんび）なくぼみができている。果実のような甘い匂いが、ふわりと健の鼻面をなでる。

(こいつはたまらん)

ごくっと唾を飲んだ。

ボクサーパンツのなかの一物は、とっくに臨戦態勢だ。下着の布を今にも裂けそうなほど突きあげて、早く出せと吠えている。

「あはぁ、城戸くん……」

「こ、こうでしょ、春菜さん。こんなふうにされたかんったんですよね」

早くしてと求められるかのように呼ばれ、健は我に返った。

こんなことを、生まれてこのかた女性にしたことはもちろんない。もっと言うなら、死ぬまでする日が来るなどとも思っていなかった。

それなのに——。

パッシイイン。

「うあああ」

(すごい声)

平手で右の尻肉を張った。

パンティ越しではあったが、量感あふれる春菜の尻は耳に心地よい音を立て、健の張り手に艶めかしく肉をふるわせる。

「はあァン、城戸くん、城戸くぅうん」

「こうでしょ。こういうのがいいんでしょ。そらっ！」

パアァン。ビッシイィン。

「ンッヒイイィ。ああ、やめて、やめてえええ」

――し、信じられない。ほんとにわかってる……わかってくれてる！　霊能者なのね、ほんとに霊能者……あああああ。

まさか聞かれているとは思わず、春菜は心でも嘆声をもらし、尻をたたかれる恥辱のうちに狂乱した。

健はすでに知っていた。

知ってしまっていた。春菜がこんなふうに尻をたたかれて興奮をおぼえるドMな女であることを。

会社では才媛とたたえられる、かなりできる女。

システムエンジニアとしてのスキルは入社歴の長い社員たち顔負けで、誰もが一目も二目も置く、まじめで優秀な仕事の鬼。

決して男をよせつけない、クールな女というわけではなかったが、仕事がで きるせいもあり、気やすく近づけない硬質な雰囲気をつねにまとっていた。

そんな春菜のうちに、よもやこのようなドＭな血が流れているだなんて、い ったい誰が気づけよう。

「うあああ、城戸くうぅん、きゃあああ」

わざと乱暴に、尻から黒いパンティをずり下ろす。

プルンとあだっぽくふるえながら、熟れごろの尻果実が、いよいよ健に全貌 をさらす。

熟れた香気を感じさせる豊満な尻は、収穫期を迎えたマンゴーにも思えた。

いや、正確に言うなら、もうとっくに収穫の時期はすぎている。それなのに、 もいではもらえずその日を待ちわびていたとろとろのマンゴー。そんなふうに も、健には思えた。

ズブリと指を突きさせば、ピュピュッと果汁を飛ばしそう。やわらかな果肉 に、苦もなく指が沈んでしまいそうな気すらする。

尻渓谷の谷間の底には、いやらしくひくつくアヌスがあった。

淡い鳶色に思える肛門は、見られることを恥じらうように、収縮と開口をくり返す。

(ああ、いやらしい)

「おお、春菜さん」

バッシイイィン。パアアアァン。

「ヒイイィン。ぶたないで。そんなことしちゃいやいやいやンン」

「心にもないことを。好きなんでしょ、こんなこととか」

ビッシイイィン
「ンッヒヒイイィ」

「こんなこととか」

「うあああ」

むきだしのヒップに、やや強めに張り手をし、すかさず指を肛肉のすぼまりに押しつける。

それだけで春菜は歓喜にふるえた。背すじをたわめて天をあおぎ、身もフタもない声をあげる。

期待と興奮に、卑猥な身体が反応する。つるんとした尻のまるみに、大粒の鳥肌がぶわりと立った。

3

「そらそら、ほじほじしてあげますよ。うれしいでしょ」

パッシイイィン。

「ひいい。ひいいいいい」

片手で尻をたたき、もう片方の手で肛肉をあやした。

ほじほじと、ほどよい加減での肛門ほじり。

うれしそうに、恥ずかしそうに、あやされるすぼまりが何度も弛緩と収縮をくり返す。

男から見たら神々しいまでの肉体なのに、春菜は自分の身体に劣等感をおぼえていた。

コンプレックスの理由は、小学校高学年の時代にまでさかのぼる。

春菜はその時期、第二次性徴期を迎えた。やせっぽっちだった身体はみるみる変化をとげ、一気に大きくなったヒップは、遠慮のない男子児童たちの、格好の餌食になった。

恥ずかしかった。こっそりと鏡の前に立ち、自分の意志ではどうにもならないヒップの成長に絶望をおぼえた。

負けるものかと勉強をした。

劣等感こそが闘志の源泉だった。

だがどんなに成績があがったところで、尻の大きさは変わることなく彼女を悲しませ、苦しめた。

しかもそこに、さらには乳房の変化もくわわった。

泣きたかった。

人並み以上に大きくなった尻と乳房を心から憎んだ。

そして、やがて彼女は気づいたのだ。

そうした劣等感こそが、自分という人間のエロスの根源になっている、信じられない現実に。

「いやらしいケツの穴。うれしそうにヒクヒクしてますよ。そらそらそら」

ほじほじ。ほじほじほじほじ。

言葉の責めで春菜をはずかしめつつ、ねちっこいほじりかたで肛肉をいじくる。そんな健の嗜虐的な前戯に、春菜はマゾ牝の本性を露にしていく。

「うあああ。ああ、ほじほじしないで。ほじほじだめええ。コンプレックスなの。お尻はずっとコンプレックスなの」

「ケツの穴がこんなに感じるから。んん？」

「違う、違うンンン。あああああ」

なおも尻の穴をソフトにほじりつつ、言葉責めにも熱がこもった。

どうしよう。なんだかとても興奮する。

自分という男の中に、こんなサド的な部分があったただなんて。健は知らなかった自分の中の自分とも、向きあっていた。

「違うの？　ふぅん、それじゃ……メチャメチャでかいからかな」

パアアアァン。

「うあああああ」

「でっかいケツ」

パッシイイイーン。

「あああああ。そ、そうなの。そうなのおお。もっと言って。ねえ、もっと言ってよおおう」

「でっかいケツ、でかすぎだよ、このエロい尻。小学生のころからコンプレックスだったんでしょ」

「ヒイイィン」

ズバリ、恥ずかしい事実を指摘しつつ、さらに強めに尻をたたく。

早くも春菜の白い尻には、赤い手のあとがついていた。

あざのようになった赤みはときとともにさらにあざやかさを増し、腫れぼったささえくわえだす。

「ど、どうして知ってるの。どうしてそのこと知ってるのほおおおお」

プリプリと尻をふり、健の尻たたきに興奮しながら、泣きそうな声で春菜は聞いた。

健は答える。

「霊能者だから」

パアアァン。

「うあああぁ」

「でかいケツ。男子たちみんなにからかわれた」

スッパアアァン。

「あああぁ。そうなの、そうなのおお。みんなに笑われたの。みんなにからかわれたの。ねえ、大きい？　私のお尻大きい？」

「大きいよ。こんな大きいケツ、見たことない」

バッシィイイイーン。

「ああああぁ。興奮しちゃう。ねえ、城戸くん、私、興奮しちゃうよう。もっといじめて。もっとひどいことして。もっとひどいこと言ってえええ」

（くうぅ、春菜さん、あっ……）

ブチュブチュ。にじゅちゅ……。

いきなり生々しい粘着音がした。

音は、春菜の秘唇のあたりからする。

「キャハアァアン」

尻の下あたりまで下ろしていたパンティを、健は完全に脱がせた。いよいよ春菜のもっとも恥ずかしい部分が、闇の中に露出する。

(もうこんなに濡れてる)

露になった牝の花は、すでに身も世もなく発情していた。

意外に肉厚なラビアが、百合(ゆり)の花のようにめくれ返っている。開花した花園の奥には、サーモンピンクに思えるあだっぽい膣園があった。

蓮(はす)の花の形をした膣園は、たっぷり、ねっとりとうるんでいる。

しかも膣穴は、アヌスと同様いやらしくひくつき、今この瞬間も、新たな蜜を泉のように、音を立てて分泌させる。

「はぁはぁ……いやらしい女の人だ。オマ×コ、もうチ×ポがほしそうにエロい汁をダダ漏れさせてるじゃないですか」

「ハアァアン」

昂る熟女に体位を変えさせた。汗ばみはじめた熟れ女体を反転させ、仰向けにさせる。

　恥肉をいろどる陰毛の茂みは、淡くはかなげだ。ワレメの上にひとつまみ、恥ずかしそうに茂っている。

「きゃん」

　健はブラジャーも春菜の胸からむしりとった。ブルンと勢いよくはずみつつ、たわわな乳房がついに露出する。

（おお、やっぱりおっぱいもでかい）

　春菜の乳は、皿に落としたプリンのように、やわらかそうに揺れおどり、ハの字に流れて左右に別れた。

　Ｈカップ、百センチ超はダテではない。

　尻の大きさも圧倒的だったが、乳の豊満さにもひれ伏したくなるようなエロスがある。

　たぷたぷとはずむ大きなまるみの先端に、ほどよい大きさの乳輪と、やや大ぶりに思える乳首があった。乳首はビンビンに勃起して、言うに言えない劣情をこれまた雄弁に物語る。

「春菜さん、もうほしくてほしくてたまらないんじゃないですか、これが」

健は言うや、春菜に見せつけるかのように、ズルッとボクサーパンツを脱いだ。そのとたん、熟女の喉から「ひっ」と驚きの声がもれる。

「あうう……」

——お、大きい。城戸くん、ち×ちん、こんなに大きかったの……？

春菜はあわてて口をおおった。

だが、心の声までは隠しきれない。恥ずかしそうに、あわてて健の股間から視線をそらすも、その心の声たるや……。

——ち、ち×ちん大きい。すごく大きい。いやン、私ったら興奮しちゃう。恥ずかしいけどドキドキしちゃうンン。

熟女の胸の鼓動まで、聞こえてくるかと思うような動揺ぶり。そのあまりの感激ぶりに、健はいささか気恥ずかしくなる。

自慢できるものなどなにもない、平凡な小市民。だがしいて言うならペニスの大きさだけは、ちょっとした自慢だった。

もっともそれが宝の持ち腐れだということは、誰に言われるまでもなくわかりながら今まできたが。

大きくなって反りかえると、十五、六センチにはなるまがうかたなき巨根。そのうえただ大きいだけでなく、勃起すると見た目もすごかった。

たとえて言うならたった今、土から掘りだしたばかりのサツマイモのよう。ゴツゴツと土くささあふれる野性味をはなち、赤だの青だのの血管を思いきり浮かべている。

幹の部分が黒っぽいぶん、亀頭の赤銅色がよけいに生々しかった。しかも亀頭は先っぽから、よだれのようにドロドロと先走り汁をもらしている。

「ねえ、そうでしょ、春菜さん。ほしいでしょ、これが……これが！」

「ンッヒイイィ」

ずっちょずちょ。ぐちょぐちょ、ぬちょ。

もっちりした両足を左右に割り、太腿の間に座を占めた。猛る男根を手にとるや、亀頭をワレメにあてがう。上へ下へと汁音をひびかせ、何度も性器を戯れあわせる。

「うあああ。ああああああ」

――いやン、気持ちいい。なにこれ、なにこれ。ああ、気持ちいいよう、気持ちいいよう。

とり乱す心の声が頭蓋にひびいた。

色っぽいその声に、健はますます興奮する。口にはしていない言葉だと思うと、おぼえる昂りはいやでも増した。

「おおお……挿れるよ、春菜さん。ほら、おねだりして、ドMな牝豚ちゃん」

亀頭と膣粘膜が擦れるたび、腰の抜けそうな快美感がひらめいた。

ますますドロドロとカウパーがもれ、膣園に粘りつくそれを、健は亀頭で膣全体にコーティングする。

ずちょずちょ。ぐちょねちょ。

「ああ、め、牝豚。私、牝豚あああ」

容赦なく健に言われ、美しい牝豚はマゾヒスティックな官能に酔いしれた。

鈴口を擦りつけられる淫肉が喜悦し、うれしいの、うれしいのとでも泣き叫ぶように、品のない音を立てて新たな愛液をあふれさせる。

「ほら、おねだりして、牝豚ちゃん」

「うあああ、い、挿れて。挿れてくださいぃンンン」

するとうとうひきつった声で、恥も外聞もなく春菜はねだった。

色白の美貌が湯あがりさながらに紅潮した。ほてった裸身から湯気のように熱気が湧き、汗の微粒がにじみだしてくる。

「どこへ。春菜さんって牝豚だよね。ねえ、牝豚のどこへ挿れてほしいの」

「うあああ。あああああ」

なおも亀頭でワレメをほじりながら、健はさらなる言葉を強要した。

気持ちがいいのだろう。とろける心地なのだろう。

いつもかもしだす生硬なきまじめさはどこへやら。

両脚をガニ股に開かされた熟女は、性器をあやされる悦びに歓喜し、早くもケダモノじみた淫声をあげる。

4

「あああ。ああ、どうしよう。ああああああ」

「ほら、どこへ挿れてしいの、牝豚ちゃん。挿れなくていいの？」

早く答えてくれないと、暴発してしまいそうだ。健はやせ我慢をし、マゾ牝に君臨する暴君をきどる。

「いやいやいやあ。挿れて。挿れてください。うあああああ」

「どこへ挿れてほしいの」

グチュグチョグチョ。ニチャニチャグチョ。

「あああ。あああああ」

「牝豚ちゃん」

「オ、オマ×コ。牝豚のオマ×コ。牝豚のオマ×コほおおおおお」

ついに、春菜はいやらしい言葉を虚空にほとばしらせた。

そして──。

──ああ、気持ちいい。エッチな言葉、気持ちいいの。叫んだだけでキュンてしちゃう。アソコがキュンってするンンン。

「おお、春菜さんっ！」

ヌプッ！

「うあああ」

こちらもどうにかなってしまいそうだ。狂乱するマゾ牝熟女に痴情をおぼえつつ、健はグイッと腰を押しだす。

そのとたん、亀頭が飛びこんだのは、まるで煮こんだトマトの中。

ヌルヌルとした果肉が全方向から陰茎を絞りこむ。そのうえ、とろみを帯びたそれらは驚くほど熱い。

思いのほか、膣路は狭隘（きょうあい）だ。

ぬめる膣道の凹凸が、緩急をつけて亀頭を、棹（さお）を締めつける。

「くうぅ……」

健はほてる女体に重なり、荒々しく抱きすくめた。

ヌプヌプヌプッ！

「あああああ」

——ち×ちん来た。ち×ちん来た。ち×ちん来たの。うあああああ。

「ち×ちん来たのが、そんなにうれしいの。んん？」

「ひいいい」

膣奥深くまで極太を突きさすや、春菜は歓喜に打ちふるえる。

ビクンビクンと汗ばむ裸身を痙攣(けいれん)させる熟女に、聞いたばかりの心の声をつきつけるや、春菜は引きつった声をあげ、ムギュリと牝肉で男根をしぼる。

(おおお……)

――わ、わかっちゃってる。私の考えてること、ばれちゃってる。霊能者だから……やっぱりこの人、霊能者だからあああ。

ムギュムギュムギュ。

(うわわわっ)

思いがけない展開に、春菜はいっそう興奮した。

波打つ動きで男根を揉みこまれ、たまらず健はカウパーを子宮口に粘りつかせた。

そして、彼は思うのだ。

こんなに興奮してくれるなら、とことんこれを利用してやれと。

「そうだよ、全部わかっちゃってる」

「あああ、城戸くん、城戸くぅぅん、あうう。あううう」

これはもう、最高の興奮をともなう究極の羞恥(しゅうち)プレイ。ドＭなＯＬは鳥肌を立てて裸身をふるわせ、軽く達して白目を剥(む)く。

「だから、ごまかさないで全部言いなよ。思ってること、全部口にするんだ。嘘(うそ)を言ってもまるわかりだよ。そらそらそらっ！」

ぐぢゅる。

「ああああああ」

ぐちょぐちょ。ヌチョヌチョヌチョ！

「あああ。恥ずかしいよう。恥ずかしいよう。あああああ」

——き、気持ちいい。ち×ちん気持ちいい。ああ、今のこれもばれちゃってるの？

心の中で卑猥な感想をもらし、春菜はあわてた。

健は容赦ない。

「ああ、わかってるよ。ち×ちん気持ちいいんだね」

「ひいい。ひいいいいい」

——ばれちゃってる。全部全部ばれちゃってる。ああ、興奮する、興奮する、私エッチな女なの。ち、ち×ちん……おち×ちんンンン、あああああ。

「そらそらそら。そらそらそらっ！」

ズチョズチョズチョ！　ズチョズチョズチョ！

「うあああああ。ああ、ち×ちん動いてる。私のオマ×コの中でち×ちん動いてる。ひいいん、奥までとどく。刺さるよう。刺さるよう。あああああ」

「はぁはぁ……おお、春菜さん！」

「ああ、オマ×コ気持ちいい。オマ×コ気持ちいい。いやあ、エッチなこというとよけいいいの。気持ちいい、気持ちいい。うあああぁ」

「はぁはぁ。はぁはぁはぁ」

隠したところでどうせ筒抜けだと観念したのか。心に浮かぶ言葉を、春菜は舌に乗せ、健にそのまま訴える。

「気持ちいい、春菜さん。んん？　篠崎チ×ポより気持ちいい？」

健はわざと品のない言いかたで篠崎の性器を揶揄し、春菜をあおった。

「あああ。うあああぁ」

ぐぢゅる、ニチャニチャ。

言葉は魔法だ。破壊力抜群の責め具でもある。健の言葉を耳にするや、春菜の官能はもう一段階エスカレートした。

――し、篠崎チ×ポ……篠崎チ×ポ……あああ。

「し、篠崎チ×ポも硬かったけど、城戸くんのほうがおっきいの。おっきくて硬くて奥までとどく。いっぱいとどくンン。ああ、気持ちいい。城戸くんのチ×ポ気持ちぃいい！」

「くぅう、春菜さん、もうだめだ！」

パンパンパン！　パンパンパンパン！

「あああ。ほじって。もっと奥ほじって。奥、奥、奥ンン。ああああああ」

気持ちいいという本音の声が、ぐわんぐわんと反響し、健の頭蓋を揺さぶった。ポルチオ性感帯を蹂躙(じゅうりん)される悦びは、どうやらとてつもないようだ。開発された肉体は、奥までとどく肉スリコギに随喜の涙を流している。

しかも春菜が蹂躙されているのは、ぬめりにぬめる膣奥だけではなかった。脳も犯されていた。

意識のすべてを読まれることの、なんという恥ずかしさ。

なんというエクスタシー。しかも――。

――チ×ポ。気持ちいい。篠崎さん。裏切り。私裏切ってる。

(……えっ？)

――大事な人だったのに。青木くん。五年生のとき。笑われた。かわいい顔。いちばん私のお尻を笑った。白い歯。焼けた肌。笑われた。好きだった。あの日私、オナニーした。

(うわあああ)

健は理解する。これは意識の断片だ。

すべてを口にしなければと思うらしいものの、言葉にできない意識の残骸が濁流となって健の脳に流れこんでくる。

すごい勢いだった。健はクラクラした。

誰にも言えない恥ずかしい意識の奔流が、人外の興奮を健に与える。

「あああ、奥気持ちいいよう。いいよう、いいよう。もうだめ。イッちゃう。城戸くん、私もうイッちゃうンンン」

――ああ、チ×ポいい。このチ×ポ好き。今までいちばん好き。青木くん。

好きだった。かわいかった。あの日。オナニー。オナニーした。

（わあ。わあああ）

――どうしていじめたの。好きだったのに。お尻が大きくてつらかった。笑われてつらかった。オナニー。オナニー好き。大きいお尻。鏡に映る私の恥ずかしいお尻。お尻の穴いやらしい。舐められるの好き。最低な私。あの日自分でお尻ぶった。泣いた。ぶった。感じた。オナニーした。自分でたたいたときもちょっとイッた。私イッた。マ×コ気持ちいい。ああ、マ×コ気持ちいい。マ×コ。マ×コマ×コマ×コマ×コマ×コうあああああ。

（すごい。すごいぞ、これ。ああああああ）

「春菜さん、もうだめだ。イクよ、もうイクよ！」

パンパンパンパン！　パンパンパンパンパン！

「あああ。ああああああ」

たわわな乳房を両手につかみ、もにゅもにゅと揉みしだきながら怒濤の勢いで腰をふる。

おっぱいもやはり大きかった。

脂肪みたっぷりの豊乳は、これまたとろけるような触り心地。

それなのに乳首だけは異常に硬く、指で擦れば甘えるように、ビビンとすぐ勃たって肉実をふるわせる。

ペニスが最高に快い。

カリ首と膣ヒダが擦れるたび、腰の抜けそうな快美感がまたたく。股のつけ根から地鳴り音とともに、爆発衝動がせりあがりだす。

「うああ。ああああ。城戸くん、イッちゃう。もう我慢できない。イグッ。イグイグイグッ。イググウウウッ」

(もうだめだ)

パンパンパンパン！　パンパンパンパン！

「うああ。あああ。イグイグイグイグッ。あああああ」

「春菜さん、出る……」

「うおおおっ。おっおおおおっ!!」

どぴゅっ！　どぴゅどぴゅどぴゅっ！

(あああ……)

ついに、健はオルガスムスに突きぬけた。

重力からすら解放されたかのような悦びとともに、どこまでも、どこまでも、天空高く突きぬけていく。

（気持ちいい）

うっとりと目を閉じ、射精の快感に酔いしれた。かき抱いた春菜の女体は今まで以上の激しさで、ビクン、ビクンと痙攣している。

ドクン、ドクン……。

三回、四回、五回——膣の奥までえぐりこませた極太が、音さえ立てそうな勢いで何度も何度も脈動した。

そのたび大量の精液が子宮口をたたき、しぶく勢いで跳ねかえる。

「はうう……城戸、くん……ハアァン……」

「春菜さん……」

なおも裸身をふるわせつつも、浅ましい狂乱状態からは抜けだしていた。抱きすくめる美女は、健のよく知るいつものきまじめなＯＬだ。

だが、もうこれまでと同じ世界になどいられない。

「まだ……何回もしてもいいよね？」

なおも春菜の膣奥にザーメンをぶちまけながら、健は言った。そんな彼の求めに、年上のＯＬも、とろんとした顔つきになる。

「城戸くん……」

――いいわよ。いいわよ、城戸くん。私もしたい。もっともっといじめられたい。

「あの――」

「いいよ、なにも言わなくても」

なにか言いかけた春菜を制し、肉厚の朱唇にそっと指でふれた。濡れた瞳で見つめている美女に、口角をつりあげて健は言った。

「春菜さんの答えなら、もうとっくに聞いてる」

# 第二章　女子大生のピチピチ裸身

## 1

「じゃあ、私はこれで」

「ちょ、ちょっと待ってよ、春菜ちゃん」

春菜はそそくさと席を立つ。

するとその娘は、おもしろいほど動揺して春菜を行かせまいとした。

娘の身になれば、そんな行動をとるのも無理はない。

今日でまだ、逢(あ)うのは二度目でしかない健とふたりきりにされてしまうというのだから。

娘の名は、島津(しまづ)桜(さくら)。

春菜の姪(めい)っ子に当たる女子大生は、当年とって二十一歳。

いちおう健とは、同じ二十代である。

だがそうは言いつつ実際のところ、健はもはや三十目前。

そんな彼からしたら、正直まともに会話をするのもはばかられる、別世界に住む美しい娘だ。

「大丈夫よ、桜」

すがる姪っ子にやさしくほほえみ、春菜は眼鏡の奥の目を柔和に細める。

「ほんとに信頼できる人だから、そんなに緊張しなくても平気」

「でも」

「じゃあね。城戸くん、お勘定はすませておくから」

「あ、すみません」

「ううん、こっちこそ。桜、またね」

「ちょっとお……」

なにか言いたげな桜を残し、春菜は伝票を手に会計に向かう。

ターミナル駅近くのカフェ。

広々とした店内は六分ぐらいの客の入りだ。

ときは、薄暮のころである。

「どうします」

途方にくれた様子で立ったままの桜に声をかけた。

向こうも困っているようだが、健だって困っている。むしろ、気が重いのは
こちらのほうである。

「くっ……」

桜は狼狽(ろうばい)して身じろぎをし、覚悟を決めたように椅子に座る。

アイスコーヒーのグラスを手にとった。

ストローに口をつける。ちゅごご、と小さな音を立て、ぬるくなったコーヒ
ーを嚥下(えんか)した。

「信じられないんでしょ、やっぱり、叔母さんの話」

こちらもグラスのストローをくわえる。

アイスティをすすり終えると、まるくなったアイスキューブがカランと大き
な音を立てた。

「そ、そういうわけじゃ、ないですけど」

桜は健と目をあわせようとせず、居心地悪そうに目を泳がせる。

「無理もないと思いますよ。霊能者なんて、うさんくさいよね」

苦笑して、健はグラスをテーブルに置いた。

早く帰りたそうだが、それはこちらも同じなんだよなと、ため息をつきたい気分である。

お願いがあるのと春菜に懇願されてから二週間になる。

はじめて桜と会ってからも、すでに一週間。

最初から、桜はずっとこんな感じだった。ひとことで言うなら「怪しい人」と思われていることがまるわかりである。

しかしそれでも、女子大生は健をこばみきれなかった。それもこれも、現在進行形で彼女が「恋をしている」からだ。

そう。せつない恋への答えを求める気持ちから、怪しい人への拒絶感を完全に態度にあらわせずにいる。

——帰りたいけど……聞きたい。

案の定、葛藤する桜の心の声が耳にとどいた。

——加納さんのこと、やっぱり聞きたい。

（だよねえ）

心でため息をつき、健はやるせない気持ちをつのらせた。

姪を心配する春菜から力を貸してほしいと頼まれたのは、桜が交際をはじめたばかりだという大学生とのことだった。

桜から写真を見せられ、話を聞いて、かわいい男の子だと思いはしたものの、なにしろ自身が篠崎とのことで痛い思いをしたばかり。

美形の若者だが、ちょっと心配なところがあるのよねと言って、愛する姪っ子を健と引きあわせたのである。

ちなみに春菜は、すでに篠崎と距離をとるようになっていた。

理由がわからない篠崎は必死に春菜を追いかけたが、春菜の気持ちが変わるはずもない。

その結果、近ごろになってようやく篠崎の心もまた、やむなく春菜から離れつつあった。

一方、春菜に紹介された桜はと言えば、年若い娘らしい浮きたつ季節のまっただ中。

この人、ほんとにいろいろとわかる人だから、と叔母に説得され、しぶしぶ恋の相手について健に話して聞かせたが、二十一歳の娘の心中には夢と不安が交錯していた。

桜がつきあいはじめた恋の相手は、同じ大学の一年先輩である、加納という若者だ。

――加納さんが好き。学校なんてやめて、結婚したい。

――でも、あんなすてきな人が、私みたいな田舎者の女でいいのかな。かっこよくてセンスもよくて、都会的で。

――女の人の影……ううん、気のせいだよね。気のせいに決まってる。

――私のこと、愛してるって言ってくれてる人を疑うなんて……。

はじめて会ったときは、ほんの短い間、会話を交わしただけだった。

だが、表面的には淡々と健に話してみせながらも、キャッチできる心の声には、加納なる恋人を不安視するものがあった。

うさんくさそうな人だと健を敬遠する気持ちはありつつ、彼がなんと言うのかと、つい興味を持ってしまう桜も、彼女の中にはいた。

だが、残念ながら本人がそこにいないと、健は能力を発揮できない。加納なる男の真実を知るには、加納のそばで耳をかたむけるしかなかった。

時間をくれと、健は桜と別れた。

そして一週間ほど、仕事のかたわらこっそりと加納に近づき心の声に耳をかたむけつづけたすえ、今日のこの日を迎えたのである。

「どうする。聞きたくないというなら話さないで帰るし、桜ちゃんの希望どおりにしますよ」

健はそう桜の意志にゆだねた。

「うっ……」

桜は唇をかみ、居心地悪そうにうつむいて、からめた白魚の指をせわしげに動かす。

長いこと、乙女はじっとそうしていた。

柳眉（りゅうび）を八の字にし、何度も唇をかみ、うらめしそうに春菜を思うような顔つきをする。

（きれいな子だな）

そんな桜を見つめ、健はひそかに感心した。

叔母の春菜も美しい女性だが、血を分けた姪は美しさのタイプが違う。すらりと高い鼻すじは、やや生意気な印象を与えるものの、この娘に高貴なたたずまいももたらしている。

ややつりぎみの大きな目は、アーモンドのようだ。キラキラと湖水のようにきらめいて、少し濡れたように見えるのも、なんともたまらない。

唇はぽってりと肉厚だ。そっと指で触れたなら、シフォンケーキかなにかのような触感をおぼえそうである。

艶やかな黒髪をショートにしていた。ロングヘアにしたならば女っぽさが百倍増しになるだろう美しさだが、髪を短くしているせいで中性っぽさに拍車がかかる。美少年的な気配も感じられ、見ているこちらは落ちつかなくなる。

すらりと細身の娘である。

飾り気のないTシャツにデニム姿。そんなカジュアルな装いのせいで、スタイルのよさ、手脚の長さがよけいにきわだつ。

胸もとに盛りあがるふくらみも、ひかえめな感じだ。

その気になればモデルにだってなれそうな体型だと健は思う。

「ど、どうだったんでしょう」

やがて、しぼりだすような声で桜が言った。見られることをいやがるように
うつむいて目をそらし、ほんのりと頬を赤くする。

この娘もまた、叔母に負けない色白美肌の持ち主だ。

透きとおるような肌が朱色に染まる眺めにも、愛らしさと色っぽさの双方が
感じられる。

だが、そんなことに感心している場合ではない。

「加納さんって……城戸さんから見て、どんな男性でしたか」

恥ずかしそうに美貌をこわばらせ、桜はなおも聞いた。

答えないわけにはいかないなと、健は腹をくくる。そもそも自分はそれを話
して聞かせるために、春菜に拝みたおされたのだ。

「それじゃ、話すね」

椅子に座りなおし、背すじを伸ばして健は言った。

どんよりと心が重くなるが、嘘はつけない。

「二股かけられてるよ、桜ちゃん」

「……えっ」

大きな両目を、桜はさらに見開いた。わずかに口を開け、息を呑んでこちらを見る。

やれやれと思いながら、健はさらに言った。

「たぶんその人……加納くんだっけ？　ほかの女の人とも通い同棲(どうせい)みたいなことしてる」

2

(やっぱり怒っちゃった)

いったい今日は、何度「やれやれ」と思えば終わるのだろう。健はため息をついて駅の改札をとおり、構内の階段を降りた。

愛する人に二股をかけられていると言われ、桜はとり乱した。激怒した。

加納の本命はもうひとりの女性のほうだとまで言われたら、そうなってもたしかにおかしくはなかった。

加納さんはそんな人じゃない、と目に涙をため、憤然とカフェをあとにした。驚いて、とがめるようにこちらを見る客たちの視線が痛かった。つくづく損な役まわりだったとげんなりしながら、春菜のことを思いだす。

健さえ望むなら、むこうはいつでもウエルカムという雰囲気だった。

今回の報酬がわりにまた濃密なひとときをと申しでれば、ふたつ返事で実現しそうな気もする。

だが、春菜とそんな関係になる気はなかった。むこうの好意を利用して、そんなふるまいに及んではならないと思っている。

理由は簡単だ。

（美佳さん）

たとえ相手は人妻でも、心に想う人がいる。そんな女性がありながら、二度、三度と、違う女性とあんなことをしてはなるまい。

少なくとも、美佳への想いを自分なりに総括してからでなければならない。

春菜に対しても失礼な話だ。

「ビールでも買っていくか」

小さな駅舎をあとにし、暗い住宅街の通りに出ようとした。すぐそこに、コンビニエンスストアの明かりが煌々(こうこう)とともっている。

健はそちらに向かおうとした。

「城戸くん」

すると、暗がりの中から自分を呼ぶ声がする。

（えっ）

声に聞きおぼえがあった。

まさかと思いながら、健はそちらをふり返る。

「あっ……」

「ごめんね、こんなところで。お帰りなさい」

「美佳さん」

やはりそうだった。近づいてきたのは、たった今、心に思い描いていたばかりの意中の女性。

ＪＲの同じ沿線に暮らしていた。

だが美佳たち夫婦のマンションとは、電車で十五分ほど離れている。ご近所だとか、そういう距離感ではまったくない。事実、こんなふうに自分の街で声をかけられたのもはじめてであった。

「ど、どうしたんで――」

当然のように、どうしたのかと聞こうとした。

（あっ……）

だが、そんな健の脳髄にとどくものがある。

――恥ずかしい。私ったら、はしたないことを。こんなところで待ちぶせするようなまねをして。

（美佳さん……）

はにかんだ顔つきで近づいた美佳もいたたまれなさそうだったが、心の声はさらに強くその本音を訴えていた。

せつないのだ、こんなことをするのは。

だがそうであるにもかかわらず、健の本命の美しい人は、強く救いを求めている。

——助けて。城戸くん、お願い。助けて。

「ごめんね、びっくりするわよね、こんなところにいきなりいたら」

心では悲鳴をあげていた。

だが美佳はとりつくろい、作り笑顔さえ浮かべる。

「い、いえ、俺は全然。でも」

「うん、あの、ちょっとね、相談したいことがあったの」

「相談」

「ごめんね、たいしたことじゃないんだけど。うん、ごめんなさい」

緊張した様子で、美佳は言った。

いつもよりいくぶん早口だ。

いつわりの笑みこそ浮かべていたが、すでに健は心の声を聞いている。

篠崎のことかと、すぐに察した。

逆の言いかたをするならば、それ以外、美佳が自分を訪ねてくる理由が思い浮かばない。

(どこか入れるかな)

基本的には、たいした店などない住宅街。

だがそれでも駅前には何軒か、小さな飲み屋や食事のできるところがあった。

美佳は困ったようにうなだれ、立ちつくした。

健はそんな彼女をうながし、とにもかくにも歩きだした。

3

「ごめんね、疲れてるのに、とつぜん頼ってしまって」

「いえ、そんな」

小さな飲み屋を出て、駅の方角に歩きはじめた。

駅前にあるいくつかの店は、いずれも定休日だったりすでにいっぱいだったりして入ることができなかった。

結局、ふたりは駅から少し離れた小料理屋に入り、一時間半ほど話をした。健は飲みたいと思っていたビールを飲み、酒には弱い美佳も、いっしょに彼につきあった。

固辞したが、払いは結局、美佳がもった。

（やっぱり篠崎さんのことだったか）

暗い夜道を肩を並べて歩きながら、健は重苦しい気持ちになった。

まったく今日はなんという日なのか。

桜でどんより、美佳でどんより。自分とは関係のない色恋ざたにふりまわされ、こちらまでブルーになっている。

美佳の相談は、このごろ篠崎の様子がおかしいが、なにか知らないかというものだった。

もしかしたら女の人がいるのではないかと思いつつ、真実を知ることに恐怖をおぼえ、本人には問いつめられずに今日まで来たという。

こんなふうに健を訪ねてみようと決意するまでには、そうとう葛藤があったようだ。そのことを、美佳の心から切れぎれにとどく言葉の断片で健は知った。

暴露してしまってもよいのなら、もう大丈夫だから、心配しないで、美佳さん、と言ってあげたいところだった。不貞の相手である春菜はすでに篠崎から離れ、ふたりの関係は空中分解している。

だが、いくら相手が美佳でも、軽々しく口にするのははばかられた。今後の篠崎との関係を考えれば、うかつなまねはできない。

気がつかなかったけれど、ちょっと調べてみます、と約束をして、美佳を落ちつかせた。

そんな健に、美佳は何度も礼をのべ、涙目になりながら気丈な笑顔を彼に見せた。

（やっぱり、愛してるんだな、篠崎さんのこと）

闇のなか、美佳とたあいもない雑談をしながら、健は胸を締めつけられた。

夫の不貞を案じる人妻のおもての顔も、健だけが聞くことのできる彼女の心の声も、美佳が夫へのせつない想いを持てあますあまり、彼女らしくもない今夜のような行動に出てしまったことを健に納得させた。

――あの人がいなくなったら、どうすればいいの。

篠崎を失うことを恐れ、おびえる美佳の心の声を、小料理屋で話している間中、健は何度も聞いた。

せつなかった。悔しかった。

そんな立場ではないことは百も承知だが、篠崎を想う美佳の心にふれるたび、健の心中にどす黒い妬心がうずまいた。

美佳の心配が杞憂だというのならまだいいだろう。だがこんなにも自分を想ってくれるすてきな妻がいるというのに、篠崎はあっさりと彼女を裏切り、肉欲だけがめあての不毛な浮気を実行に移していた。

そして美佳だけでなく、春菜までをも傷つけているのだ。

篠崎のことが許せなかった。あの人に、ここまで美佳に想ってもらえる価値なんてあるのかなとつい思う。

(美佳さん、いい匂いがする)

人気のない夜道を並んで歩きながら、つい健は浮きたった。

いつも美佳の近くにいると、ほんのりと香ってくる甘い芳香。

彼女がいくらか酔ったせいもあるのか、今夜はいつもより少し強めにかぐわしいアロマがただよってくる。

「ええっ、東海林部長が？　ほんとに」

「そうなんです。意外ですよね。あはは」

美佳とは共通の知人の話題に興じていた。

彼女が無理をしていることは、心の声の聞ける健はむろん承知である。健とそんな話題に夢中になっているように見せながらも、彼女の中には変わることなく篠崎がいた。

（篠崎さん……）

変わってしまった夫をなげき、悲しみ、もう二度と昔のような日々は帰ってこないのかと途方にくれている。

これほどまでに、篠崎への憎悪を持てあましたことはかつてない。

いろいろと世話になり、かわいがってももらっている。彼がモテるのも認めているが、美佳が、春菜が不憫でならない。

特に、美佳に感じる憐憫の情はいかんともしがたかった。

（なんだ、この感情）

健はうろたえる。

チラチラと隣を見ると、いとしい女性の胸もとで、たわわなおっぱいがたっぷたっぷと揺れていた。

いつだって健をそわそわさせる、見てはならない禁断の乳房。闇の中にコツコツと、美佳のパンプスがひびかせる艶めかしい音が強くひびく。

（酔ったかな）

飲みすぎたつもりはなかったが、正直、疲労してはいた。

涙をこらえる美佳、春菜、そして桜。

三人三様の悲しみが、健の気持ちをそそけ立たせる。やはりいささか、酒量がすぎたかもしれなかった。

「きゃっ」

「危ない」

するといきなり、美佳が夜道でつまずいた。小さな悲鳴をあげ、バランスをくずしそうになる。

あわてて美佳に飛びかかった。

両手をひろげ、交錯させて、いとしい人が転倒しないよう、すんでのところで抱きとめる。

「はうう……」

(ああ……)

そのとたん、せつないほど鼻腔に染みわたったのはいつもながらの甘い香り。首すじあたりからひときわ強く香りたつ魅惑のアロマが、鼻腔どころか脳髄にまで、あっという間に染みひろがる。

頭がしびれた。ジーンとなる。

いかん、いかんと思いながら、美佳を抱きすくめる両手に、せつなくまがまがしい力がこもる。

「き、城戸くん、ありがとう。もう、大丈夫」

不穏な気配に気づかれたか。美佳は礼を言いながらも、その声には隠しきれない硬さがみなぎっている。

「み、美佳さん」

「ごめんね。転びそうになっちゃった。私ったら、なにをして――」

「ああ、美佳さん」

「きゃあ」

しかし健は、もう自分を律しきれない。胸の奥から湧きだしてくる、熱烈な激情は制御不能な強烈さだ。

「ちょ……城戸くん、だめ、あああ……」

ふたり以外、ほかに人影もない住宅街の夜道。健は美佳を抱きすくめたまま、電柱の明かりがとどかない闇の奥へと場所を移す。

アパートらしき建物の敷地に入った。いやがる美佳にこちらを向かせ、強引に唇をうばおうとする。

「きゃっ。だめ……城戸くん、だめ……いけないわ」

美佳は心の底から驚いていた。あまりに意外な健の行動にショックを受けつつ、必死に貞操を守ろうとする。

「美佳さん、ごめんなさい。こんなことするつもりじゃ。でも俺……」

「ま、待って、城戸くん、だめ。そんな、だめってば、私は人妻……」

——城戸くん、まさか、私のことを。

動転する心の声も、健にとどいた。

ずっと巧妙に隠してきたのだ。美佳が知らなかったのも無理はなければ、仰天するのも無理はない。

「美佳さん、ごめんなさい。でも、でも……俺、ほんとはずっと……はじめて会ったころから、美佳さんのこと、ずっと……」

「だめ。だめだめ、いや、だめ……」

堰を切ったような想いは、もはやどうにもできなかった。いやがってブロックする人妻の両手を払いのけ、積年の想いを遂げようとする。

接吻がしたかった。

ぽってりと肉厚な、いとしの朱唇を自分のものにしたかった。自分でも驚くほどの獰猛な劣情が衝きあげる勢いで湧きだしてくる。

「美佳さん、好きです」

ついに、健は告白した。

――城戸くん。

心で美佳は動揺した。しかし、なおも抵抗する。

「だめ、聞かなかったことにする。そんなこと言っちゃだめ。私は人の奥さんなの」

「わかってます。でも俺、せつないです、美佳さ……おっと」

「いやああ」

「あっ……」

勢いあまり、バランスをくずした健の失策を見逃さなかった。美佳は健の胸を押し、脱兎(だっと)のごとく駆けだす。闇の中にけたたましいヒール音が反響し、あっという間に遠ざかる。

健は我に返った。

なんということをしてしまったのだと、たちまち血の気が引いていく。

追いかけたなら、つかまえられないわけではなかった。

だが健は、あとを追うこともできない。

「やっちまった」

闇の中で頭を抱えた。

やはり、今夜は飲みすぎたか。しでかしてしまった不始末を思うと、絶望的な気持ちになった。

美佳のけたたましいヒールの音は、みるみる小さくなっていった。

4

桜と再会したのは、思いだすのもはばかられる、美佳とのあの夜から二週間ほど経ったころだ。

「ほんとにこれでいいの」

健はもう一度たしかめ、買ってきたそれを桜に差しだした。

ベンチに悄然と座っていた女子大生は、健の手にあるものを見て、引ったくるようにうばいとる。

「あ……」

ビールの三五〇ミリリットル缶だった。買ってきてほしいと強くねだられ、公園の外まで行って、戻ってきた。

界隈では有名な、広くてのんびりとした市民公園。

緑豊かな敷地内は森のようなたたずまいで、園内には遊歩道がめぐらされている。

日中はたくさんの人々でにぎわう憩いの場。だが薄暗くなりはじめたこの時間になると、さすがに人の数は少ない。

健と桜は、遊歩道沿いに置かれたベンチのひとつにいた。背後には、鬱蒼とした森の木立がひろがっている。

桜は悄然とした顔つきだ。やけになってもいるようである。

プシュッと小気味よい音を立て、ビールのプルリングを開けた。白魚の指に缶を持つ。

「ぐびぐびぐび」

「あっ、ちょっと……」

すでに成人しているのだから、ビールを飲むこと自体に問題はない。だがこの飲みかたは、やはり問題があるだろう。

「ぐびぐびぐび」

「あの、そんなに一気に飲むもんじゃ……」

「ぐびぐびぐび」

「桜ちゃん……」

「ぐびぐびぐびぐび。ぷはあ」

「いや、ぷはあって……」

おそらく半分以上ひと息に飲んだはず。ようやく缶から口を離し、飲みかけの缶を膝に置いて、桜は大きく息を吐く。

（やれやれ）

健は桜の様子を心配しながら、少し間隔を空けて隣に座った。

自分もプルリングを開ける。もっとも、飲もうとしているのはビールではなくサイダーだ。

むしむしと暑い夕暮れであった。本当ならビールが旨い陽気だが、あの夜以来、自分に禁酒をしいている。

「ぐびぐび」

「いや、そんなに一気に飲まないほうが――」

「ぷっはあ」

「いいと思う、よ……って……」

(もう酔っぱらってきてるし！)

チラッと目にした美しい娘の横顔に、健は頭を抱えたくなる。

缶ビールをくしゃりとつぶしそうなほどにぎりしめる桜の両目は、ドロリとにごりだしていた。

——あんな人だったなんて。

心の声が聞こえてくる。

これがはじめてではなかった。ここに来るまでに、もう何度、似たような心のくりごとを盗み聞きしたかしれない。

健は彼女の告白と心の声で、すでにほとんどのことを理解していた。

加納のことが心配になった桜は、こっそりと彼を尾行した。すると加納は、桜の知らない女性のアパートに嬉々として姿を消したのだ。

迎えに出てきた若い女の満面の笑顔で、桜はふたりの関係を察した。

しばらくし、中から聞こえてきた艶めかしい女の声を聞けば、もはや疑う余地はない。

翌日、大学で話しかけてきた加納を無視したところ、話がしたいといきなりその夜、桜のマンションに押しかけてきた。

拒もうとするも加納は強引で、許してもいないのに中に入り、力ずくで桜の操をうばおうとした。

彼女が思いきり、加納の股間に膝蹴りをくらわせなければ、どうなっていたかわからない。

——信じられない。あんな男を好きになっていたなんて。

「ぐびぐびぐびぐび」

「桜ちゃん……」

「ぷはあ」

「…………」

とうとう完全に飲みほしたようだ。

空缶をつかむ指が小刻みにふるえる。健はそっと桜から缶をとり、ベンチの端に置いた。

「でも、すごいですね」

自嘲的な笑みを浮かべ、ひっくとしゃくりをして桜は言った。

「……えっ」

「城戸さんって……ほんとに霊能者さんなんだ。すごいな、霊能者って」

背もたれに体重をあずける。

天をあおいでため息をついた。暮れなずむ空を放心したように見あげ、ふうと吐息で額にかかる髪を払う。

「それほどのものでも」

サイダーを飲み、健は言った。

謙遜ではない。実際のところ最近では、手に入れた能力はさほどよいものでもないなと真剣に思いはじめていた。

この力を得て以来、人間というものの醜さを、いやというほど見せつけられている。

これはすごい力だと浮きたったのは、最初のころだけだ。

かわいい顔、あるいは美しい顔をしている女たちが、薔薇よりひどいトゲを持っているのはほぼ百パーセントの確率である。

自尊心とほかの女への対抗意識、群がってくる格下の男たちへの軽蔑と優越感だけが人格のほぼすべて。

男だってそうだ。人のことは言えないが、誰もがみな女へのせつない渇望とライバルたちへの嫉妬心にさいなまれていた。

おのれの能力のなさを呪いながらも分不相応な夢を描き、ままならない現実に四苦八苦している。

笑いながら舌打ち。同情しながら快感。

泣きつつも、そんな自分がどう見えるかを意識して演技をしたり、思ったような反応をしない周囲の人を心で罵倒したり。

見かけと心の本音には、誰しもとんでもないギャップがあった。相手を賞賛しつつ心で唾をはき、自尊心と承認欲求のとりこと化す。

もっとも健だって、人のことは言えなかった。

しかしそれでも、人々の醜さをまのあたりにしつづける日々は、正直げんなりとした。

（でも、美佳さんだけは違った）

冷たいサイダーで喉をうるおし、ふうと息をしつつ健は美佳を思う。

ふたりきりで酒を飲んだあの夜。

罪悪感はありながらも、健はこっそりと美佳の心の声を盗み聞きした。

だが彼女からは、ほかの女たちから聞こえるような、聞くに堪えない言葉や感情は、ただの一度もとどかなかった。

その事実が、時間が経てば経つほどに、強い力で健をうっとりとさせる。

容姿だけでなく、心の奥まで清らかな女性。

そんな正真正銘の淑女に非礼な行為を働いてしまった自分には、嫌悪感しかなかった。

「つらいなあ」

桜は髪をかきあげ、クールな美貌をしかめて言う。

「私、男性不信になりそう」

「まあ、無理もないけど」

つらいのは俺も同じだけどね、と自虐的な気持ちになりつつ、健は言った。

そんな彼を、桜が見る。

「どんな男の人なら信用できるんですか。どういうところをチェックすれば、だまされないですむんだろう」

「そう言われても」

真剣な表情で見つめられ、健は返事に窮した。

「ですよね」

ふたたび前を向き、ベンチに身体を押しつけて桜は空を見る。

──ああ、セックスしたいなあ。

（えっ）

思わぬ言葉が脳に飛びこんできた。

健は驚いて桜を見る。

まさか心の声を盗み聞きされているとは夢にも思わない。

美しい娘は、健がコンビニから提げてきたレジ袋から二本目の缶ビールをとりだした。

「いや、あまり飲まないほうが。あっ……」

健は意見をしようとするが、桜は聞いてなどいない。またも勢いよくプルリングを開ける。一本目よりさらに投げやりな感じで、ぬるくなりはじめたビールをぐびぐびと嚥下する。

——したいなあ、セックス。恥ずかしいけど、アソコがウズウズする。

(桜ちゃん)

やはりこの娘も人間だものなと、健は思った。

年齢だって二十歳をちょっと越えたばかり。こう言ってはなんだが、ヤリ盛りとも言える年ごろだ。

——性欲強いのかな、私。

(えっ、そ、そうなの?)

桜は心でつぶやいた。思わず見つめた横顔は、早くもかなりぼうっとして見える。

酔いのせいで、さらに両目がとろんとしていた。色白の頰が上気して、なんとも色っぽい薄桃色にほてりはじめている。

——でも、あんなレイプみたいなのはいや。力ずくでとか無理やりとか、そういうのじゃないの。なんて言うのかな。

けだるげにため息をつき、酒に酔った目を伏せて、桜は近くの地面を見る。

――イチャイチャ……うん、そう、イチャイチャして、思いきり甘えながら、いっぱいいやらしいことしたい。ううん、されたい。

（い、いっぱい……いやらしいこと……）

「ごくっ」

「……どうしたんですか」

「あ、いや……」

健は思わず音を立てて唾を飲んだ。気づいた桜が不審そうにこちらを見て、薄気味悪げに聞く。

まさか、君のせいだよなどと言えるわけがない。

言いよどみ、ごまかすようにサイダーを飲んだ。桜は人気のない公園を見まわす。

――なんか、いい気持ちになってきちゃった。いけない、いけない。

「よいしょ」

桜は小さく気合を入れ、ベンチにしっかりと座りなおした。

「なんにしても、ありがとうございました」

居住まいを正し、横にいる健に頭を下げる。

——ああ、誰かとイチャイチャしたい。裸になって、いっぱい舐めたり舐められたり。むなしいなあ……帰ったらオナニーしようかな。

「あ、いえいえ」

(オナニーですか)

表面的には礼儀正しくしているのに、心の声は酔いのせいでどんどん本音が強くなっている。

こんなきれいな娘でも、こんなことを思うものなのだなと、つい健はドキドキした。

「おかげで目がさめました。ほんとにばかみたい、あんなひどい男に夢中になって。でも……」

またも背もたれに体重をあずけ、桜は天をあおぐ。

空はかなり暗くなり、星々がまばたきはじめている。

「はあ……これからが大変。どんな男の人なら信頼できるのか、私なんかじゃ全然わからないし。しばらく恋人とか、こりごりかな」

――ああ、早くオナニーしたい。いつもみたいに……。

桜が心で言葉にしたのは、誰もがよく知る美少年アイドルの名前だった。どうやらそのアイドルのファンのようだ。

酩酊した桜は頭をしびれさせながら、ファンであるアイドルに身体中を舐められ、恥ずかしいことを言われて興奮する自分を想像している。

（さすが、春菜さんの姪っ子だな）

叔母と姪の身体に同じように流れているらしきマゾ牝の血に感心するやらそわそわするやら、こちらもまた不穏な気持ちになりながら、健は思った。

本来なら、自分の務めはここまで。ようやくお役御免となり、解放されるはずだった。

だが、さびしいのは桜だけではない。

正直言えば、健だってさびしい。

そんなところに「早くオナニーしたい」などと言われたら、酒など飲んでいなくても、理性は風前の灯火だ。

（ごめんなさい、春菜さん）

大事な姪に手を出したと知ったら、烈火のごとく怒るだろうなと、健は思った。だがだからといって、火の点いた欲望の炎は、もはや鎮火しがたい。

（美佳さん……）

そしてもうひとり。健は美佳も思った。

しかしどういうわけか、涙に濡れた人妻の美貌を思いだすと、ますます股間がムズムズしてくる。

目の前の美しい娘にすがりつかずにはいられなくなった。

「今度つきあうとしたら」

サイダーをグイッと飲み、夜空を見あげて健は言った。

「……えっ」

興味深そうに、桜はこちらを見る。

「いや……今度、桜ちゃんがつきあうとしたらさ」

見つめる桜に、健は言った。

「君のことをちゃんと理解してくれる男がいいよ、いちばん」

「私のことを……理解」

「そう」

桜はきょとんとしてこちらを見る。健は美しい女子大生を見つめ、ズバリ言った。

「君の性欲の強さを理解してくれたりさ」

「……えっ」

「イチャイチャしながら、思いきりいやらしいことといっぱいしてくれる男がいい。いっぱい舐めてくれる人とか」

「…………」

「…………」

「――ひいっ！」

桜は両手で口をおおった。

見開かれた両目が、驚いたように彼を見る。

張りつめた沈黙がふたりに降りた。

健はじっと桜を見た。

「今夜だけ……」

照れくささをおぼえつつ、健は娘を誘う。

「寂しい者どうしで、イチャイチャしちゃうってどうかな」

## 5

（ああ、恥ずかしい……恥ずかしいよう！）

「ハアァン、き、城戸さん……あっあっ……きゃん……あああ……」

誘ってみるものだなと、健は夢見心地だ。

こんな力、ないほうがいいなどと思っていたが、やはり撤回しなければならないかもしれない。

「おお、桜ちゃん、んっ……」

れろん。

「ヒイイィン」

白い首すじをひと舐めした。桜はビクンと肢体をふるわせ、とり乱した声をあげる。

　ふたりして交替で、すでにシャワーを浴びていた。

　抱きすくめるみずみずしい女体は、白いバスタオルを身体に巻きつけただけである。

　ラブホテルのベッドに倒れこんでいた。痩せっぽっちの身体は不意をつかれる熱さに満ちている。それは、シャワーを浴びたばかりだからという理由だけではないはずだ。

「桜ちゃん、けっこう敏感だね」

　キスの前戯は終えていた。

　その流れで、健は娘のうなじ責めをはじめている。

　ねろん。

「きゃン。ああ、恥ずかしい……」

　ピチャ。れろん。

「ハアァン、い、いじめないでよう……」

　敏感な反応にいい気分になり、左右の首すじを交互に舐めた。桜はそのたび、派手に身体をふるわせて、そんな自分に恥じらいをおぼえる。

「だって、イチャイチャしたいんでしょ」

健は甘えるように抱きすくめ、至近距離で桜を見た。

「城戸さん……」

健のラブラブな態度に、ドキドキしているのが感じられる。

見つめ返してくる両目は、とまどいながらも酔いのせいで、淫らな自分を律しきれない。

「イチャイチャしようよ、恋人みたいに。一日限定のエッチな恋人。次の恋人との練習もかねて。んっ……」

れろれろ、れろん。

「ハアアァ、城戸さん……きゃっ……いやあ……」

健はいよいよ、桜を全裸にさせた。バスタオルの下から現れたのは、若さあふれる女子大生のピチピチ裸身だ。

ラブホテルの部屋はメインの明かりを落としていた。

室内をわずかに浮きあがらせるのは、間接照明のブルーの明かりだけ。ふたりして、深海の底で乳くりあっている気分になる。青く淫靡な明かりの中に、神々しいまでに均整のとれたみずみずしい女体がさらされる。

(やっぱり、スタイルいいよなあ)

健はため息とともに感心した。

自分のような平凡な男が、ティーン雑誌から飛びだしてきたような美女を裸にさせているなんて、やはりちょっと信じられない。

むだな肉などどこにもない、スレンダーな裸身。手も脚も長く、しかも見事な肉体の黄金比。

そのうえ、ただ痩せているだけではない。

こうして見ると意外なまでに、出るところは出て引っこむところが引っこんでいる。

見るがいい、この腰のくびれかたを。なだらかな下降線を描いて徐々に細まるボディラインが、腰のあたりに来てさらに大胆にえぐれ、圧巻のセクシーさをかもしだしている。

しかも、いったん締まった身体のラインが、そこから下ははちきれんばかりに盛りあがっていた。

細身であるにもかかわらず、見事にダイナミックさを感じさせる身体の稜線(りょうせん)がアピールされている。

きめ細やかな美肌が青白い明かりに浮かびあがり、陶磁器のような光沢をはなった。

しっとりと汗の湿りを帯びだしていたが、そんなことも関係しているかもしれない。

(おっぱいもきれいだ)

ほれぼれと桜の胸もとを見る。伏せたお椀(わん)さながらの、ほどよいふくらみが仲よくふたつ盛りあがっていた。

まるみのいただきを彩るのは、ボリュームと同様、つつましやかでひかえめな大きさの乳輪だ。

色はおそらく、淡い鳶色ではあるまいか。

乳輪の中央には、すでにビンビンに勃ったサクランボのような乳首が鎮座している。

（でもって、おおお……）

健の視線は、いやでもねちっこさを増した。女子大生の裸身を下降した両目は、ついに究極の恥部にそそがれる。

淡くもやつく陰毛は、叔母の春菜よりさらにはかなげだ。

こんもりと盛りあがるやわらかそうな肉土手に、上品なたたずまいで縮れ毛をからめあっている。

（ここから先は、あとのお楽しみか）

桜はぴたりと脚を閉じ、困ったように身じろぎをした。

じっとりねっとりとさらに先まで鑑賞したい気持ちはあったが、それと同時に、この意外にエッチな女の子を、イチャイチャしながら辱めてやりたい思いがつのる。

「桜ちゃん……」

「ハアアァン」

そっとおおいかぶさり、ふたつの美乳をわしづかみにした。

二十一歳の乳房は、若々しい柔和さと同時に、まだ十代にも思える硬さも残している。

考えてみれば、こんな年代の女性の乳をつかんだのは大学時代以来のこと。酔った勢いで初体験をした年上の女子大生とは、数カ月つきあってすぐに別れた。

ちょっと美佳を思わせる、むちむちした体型の美女だったが、乳房は豊満なのに、芯の部分に硬さがあった。

「おお、桜ちゃん」

これが本能というものか。両手で乳をつかんだだけで、さらに卑猥な欲望が増してくる。

もにゅもにゅ。もにゅ……。

「んはああ、アン、恥ずかしい、城戸さん……」

——も、もっと強いのがいい。もっと強く。

恥じらいに満ちた反応をしてみせながらも、心の声は大胆な本音を訴える。

春菜とセックスをしたときにも思ったが、美しい女性の心の声を聞きながらいたすまぐわいは、じつになんとも興奮ものだ。

身体だけでなく、心までまる裸にさせている気分。

心の声が聞けるなんて、決していいことばかりではなかったが、こんなセックスを謳歌できるという意味では、やはり貴重な能力か。

「感じるよ、桜ちゃん、俺の霊能力が」

グニグニと、硬さの残る乳をまさぐりながら、健はささやいた。

「……えっ」

いきなり話しかけられ、桜はギョッとする。その顔には、そうだったと言わんばかりの不安そうな感情がすぐに混じった。

「城戸さん……？」

「君が心で感じていること、思っていることがわかる。なんとなくだけど。もしかして……こうしてほしいんだよね」

そう言うと、健は強めに乳を揉んだ。

「うあああ」

そのとたん、桜の喉からほとばしったのは、歓喜に満ちたいやらしい声。その声には、驚愕と賛嘆も入り混じっている気がする。

「ハアァン、城戸さん……」

「してあげるよ、してほしいこと。もしかしたらこの世界で、俺以上に桜ちゃんの期待どおりのエッチをできる男はいないかも」

「えっ、ええっ、ハアァン……」

もにゅもにゅ、もにゅ。

──ああ、そう。そうなの。強めにおっぱい揉まれると感じちゃう。やさしいのより、少し強めのほうがいい。少しぐらい、乱暴なほうが。

「こうかな、こうかな」

グニグニ。もにゅもにゅ、もにゅ。ぷにゅう。

「んあああああ」

──ああ、そうなの。これ、いい。もっと乱暴にして。遠慮しないで、いじめてほしい。

健の脳に、娘の恥ずかしい本音がとどいた。

彼はすかさず行動に移る。

「こんな感じかなあ」

「ンッヒイィ。あああああ」

スリッ、スリッと、少し強めに乳首を擦った。

そうしながらふたたびうなじに吸いついて、舌でれろれろと敏感な首すじをしつこく舐める。

「うああ、城戸さん、ああ、城戸さん、あああああ、ヒイイィン」

右の乳首も左のそれも、等分になぶって乳輪に擦りたおした。

性欲が強いということは、体質的に敏感だということと同義なのか。桜は期待していた以上の過敏さで、健の責めのひとつひとつに、派手に激しく反応する。

「ヒイィン。ヒイイィン」

それにしても、この娘は舐められることが好きなようだ。

乳首への責めにもうれしそうに痙攣したが、うなじに舌を這わせれば、そちらのほうにもとり乱した声をあげ、しかも——。

——もっと舐めて。舐めてほしいよう。背中とか、お尻の穴とか……い、いや、私ったら……こんなことを思ったら、城戸さんにばれちゃう。

桜は感じながらも、健の霊能力に畏怖するもののもおぼえていた。

ふつうの女性は、こんな男とセックスをすることなどそうはないのだから、彼女がとまどうのも無理はない。

（いいよ、舐めてあげる）

「ヒイイィン。あっあっあっ、ああああああ」

スタイル抜群の裸身を裏返しにした。髪の生えぎわから肩、肩から背中へと、執拗にれろれろと舐めまわす。

唾液の匂いが湯気とともに立ちのぼった。

ゆるやかな逆V字を描くスレンダーな背中に、べっとりと唾液がコーティングされる。

「ああああ」

そうしながら、フェザータッチで膝の裏から太腿へと、何度も指を上下させた。

みずみずしい女体は二本の脚をばたつかせながら、ぶわり、ぶわりと、大粒の鳥肌を湧きあがらせる。

6

「ああン、城戸さん、城戸さんンンン、あっあっあっ、ハアアァン」

「いいんだよ。してほしいことしてあげる。誰にも言わないから、自由に思って。んっんっ……」

ピチャピチャ。れろん、れろれろ。

「うああ。あああああ」

（ああ、来る……お尻に来る……お尻の穴に来るよう。いや、わかっちゃってるのかな。私がこんなこと思ってるって……霊能力で感じちゃう？）

淫らな歓喜に打ちふるえつつ、桜は若い娘らしい恥じらいにもかられた。

正確に言うなら霊能力ではなく、さらに言うなら感じるどころかダイレクトにわかってしまっているのだが、もちろんそれは企業秘密だ。

「桜ちゃん、お尻の穴、舐められるの好き？」

背中という背中を唾液まみれにし、なおもしつこく背骨に沿って舌を下降させながら、健は聞いた。

「そ、そんなこと……」

——好き！　いや、私ったらそんなこと思わないで。で、でも……ああ、でも、思っちゃう。好きなの。お尻の穴とか、アソコとか、いっぱい舐められるの大好きなの。ああ、私ったら……。

「わかってるよ、本音を感じるんだ。恥ずかしがらなくてもいい。こんなのが、好きなんだね。んっ……」

ニチャッ。

「きゃあああ」

そろそろお尻の穴だと淫らな期待に身を焦がす娘に、希望どおりにしてやる。硬くした舌先を尻の谷間に突きさすや、美しい女子大生は悲鳴のような歓喜の声をあげた。

強い電気でも流されたようにいったんえび反り、あらためてベッドに四肢を投げだす。

「おお、桜ちゃん……いやらしい尻の穴。んっんっ……」

ピチャピチャ、ねろねろねろ。

「あああ。そんなこと言わないで。恥ずかしいよう。エッチなこと言わないでええええ」

――も、もっと言って。辱めて。私に恥ずかしい思いさせて。

口とは裏腹なことを切望しつつ、桜はアナルを舌でほじられる卑しい悦びに恍惚とする。

――エッチなの。私、エッチなの。家に帰ると変な妄想しながらオナニーばかりする……ちょ、ちょっと待って。このことも感じとられちゃう？

「もっと恥ずかしくさせてあげる。ほら」

「きゃあああ」

つっぷす娘の両足を、身もふたもないガニ股にさせた。

長い両脚が、二目と見られない下品なポーズで開脚する。同時に双臀がくぱっと開いた。

谷間の底から唾液に濡れた、いやらしいすぼまりが姿を現す。

（ああ、エロい）

「そ、そら。そらそらそら」

「きゃひいいい」

股の間に陣どって、脚が閉じないようにした。

やわらかな尻肉をふたつともつかむ。乳のように揉みながら、露出したアヌスをさらに舐める。

もにゅもにゅ、もにゅ。ピチャピチャ、れろんれろん。

「あああ、城戸さん、城戸さあん、ああああああ」

「いやらしい女の子だね、きれいな顔をしているのに。ケツの穴、舐められて、こんなスケベな声を出して」

「ケ――」

健は責めのギアを一段階あげた。紳士のつつしみをかなぐり捨て、ドMなケダモノが泣いて喜ぶ専制君主へと変貌していく。

「城戸さん、いや、そんないやらしい言いかた――」

「だって……スケベなのはホントでしょ」

「そんな――」

「オナニーばっかりしてるくせに」

「――ひいい!?　ああああああ」

ピチャピチャピチャ。れろれろれろ。

「ああ、城戸さん、恥ずかしい。恥ずかしい。違う。私そんなこと――」

「嘘をついてもわかるんだ、霊能力で。この娘は家に帰ると、いやらしい妄想ばかりして――」

「やめてえええ」

「それをズリネタに、オナニーばっかりしてるって」

「ああ、そんな、そんなあ、違うもん、ちがあああ」

れろれろ、ピチャ。ねろねろ、ねろ。

（メチャメチャ感じてる）

肛門を舐められるだけでも、とろけるような快さにかられるはず。それなのに、今夜の桜に襲いかかるのは肉体的な官能だけではない。

――や、やっぱりばれちゃってる、オナニーばっかりしてるって、私がエッチな女の子だって。いや、恥ずかしいよう。どうしよう、どうし――。

「このスケベ」

「あああああ」

そっと指を伸ばし、まだじっくりとは見ていない卑猥なワレメをあやした。

濡れていた。ピタリと固く閉じていなければならない肉扉は、すでにほどよくふやけている。

そっと指を挿れたなら、いとも簡単に中へとみちびき、たっぷりとうるむ愛蜜を健の指にまつわりつかせる。

「ここでしょ。ここをこっそりいじくってるんでしょ。んん？」

そこまで心の声を聞いたわけではなかったが、かまをかけた。

ぷっくりとふくらむクリトリスを、愛液まみれにした指でクニュクニュとあやす。

ニチャ、ニチャ。

「うあああ。ああああああ。城戸さアアアン」

――ばれちゃってる。ああ、オナニー好きなの。好きなのおお。

桜は激しくとり乱すが、それは心の声も同様だ。理性が雲散霧消して、剥きだしの感情が濃厚になる。
――オナニー大好き。あああ。だめってわかってるのにオナニーしちゃう。
オナニーしちゃうよう。あああああ。
（大当たりみたいだな。えっ……？）
――小学四年生。
（は……？）
発情とともに、桜の心の声は切れぎれな部分が出てきていた。
ケダモノじみた声をあげてよがりながら、恥じる心は自分にとってのそもそ
もの原点に戻っていく。
（桜ちゃん……？）
――キスされた。
（えっ）
――町川先生に抱きしめられた。キスされた。好きだった。かっこよかった。
キスされた。ぼうっとした。オナニーした、その夜はじめて。気持ちよかった。
（……そ、そうだったのか）

はしたない自慰の習慣は、好意を持っていたらしい教師からの思わぬふるまいによって火を点けられたようだ。

なに、小学四年生だと。

町川先生とやら、あんたそれ犯罪だろと思いはするが、当の桜にとっては甘酸っぱい思い出のようだ。

——好きだった。先生、私、黙ってたよ。誰にも言ってない。それなのに、いなくなっちゃった。ほかの学校に行っちゃった。私ってば、もうずっとオナニーばかり。ああ。ああああああ。

「スケベ。オナニーマニア」

「ああ、違うもん、違うもん。あああああ」

ガニ股姿の女子大生は、ショートカットの髪をふり乱して健の言葉を否定する。しかしそれは、あくまでもうわべの姿。その証拠に、クリ豆をねちっこくクニュクニュとやれば、ワレメがヒクヒクと蠢(うごめ)いて、肉厚のラビアが羽のように動く。

ブチュッ、ブチュチュッ、ブチュブチュ。

煮こんだ愛液が膣からあふれ出し、柑橘系の匂いをはなって白いシーツにしたたり落ちる。

しかも彼女がそうとう感じている、動かぬ証拠はそれだけではない。

——ああ、ばれちゃってる。恥ずかしいよう。オナニーマニア。私オナニーマニア。先生、私こんな女になっちゃった。先生のせいだよう。

「スケベ。オナニー猿」

「うあああ。城戸さん、いじめないでよう。イチャイチャしたいよう」

——いいの、もっとひどいこと言って。いつも自己嫌悪ばっかりだった。男の子たちにチヤホヤされても自信がなかった。いじめて。ひどいこと言って。城戸さん、言ってよう。

（……ああ、見えた）

指でいやらしくあやしながら、健は首を伸ばして乙女の股間をのぞきこんだ。

そうとう暗い中ではあったが、卑猥な汁をダダ漏れさせるピンクの肉園がはっきりと見える。

やはり、ビラビラはけっこう肉厚だ。

左右でちょっぴり形の違うラビアが、べろんとめくれ返って生々しく濡れている。

その眺めは、夜露に濡れた百合の花にも見えた。

一方、ワレメの形状は百合ではなく、こぶりな蓮の花。闇の暗さを跳ねかえすかのようにヌメヌメとうるみを輝かせ、乳くりあう娘の発情具合がただごとではないことを雄弁に伝える。

クリ豆は、意外なほど大きかった。

成人男性の小指の先ほどの大きさにも思える。

そんな肉芽がずるりと莢から剝けていた。そこをスリスリされるのだから、それはもうたまらないだろう。

## 7

「はぁはぁ……も、もうだめだ。桜ちゃん、いいよね。挿れるからね」

艶めかしい女体と、まる聞こえの心の声がかもしだす耽美な世界は、異常な興奮をもたらした。

春菜のときにも思ったが、自分がこの娘に君臨する無敵の王になったような全能感にも包まれる。

「ああン、城戸さん、あああ……」

背後からそっとおおいかぶさった。

桜は脚を閉じようとするが、健は許さない。脚で強引にもとどおりにし、なおも下品なガニ股を強制する。

「挿れるからね」

猛る一物を手にとり、切っ先を膣穴にあてがった。

ぐちゅ。

「ハアァン……」

(わわっ)

すると桜の膣穴は、水面に飛びだした鯉の口のような動きをする。早く早くとねだるかのように開閉し、亀頭の先を何度もキュンと甘締めした。

そのたび、カリ首に甘い刺激がひらめく。

背すじに鳥肌が立ち、悪寒によく似たゾクゾクがひろがる。

——い、挿れてもらえる。ち×ちん、挿れてもらえる。

(桜ちゃん)

恥ずかしそうにかぶりをふりながらも、その本音はウエルカムだ。健は苦笑しつつ、一気に前へと腰を突きだす。

「おお、桜ちゃん！」

ヌプヌプヌプヌプヌプッ！

「あああああ」

「うおお……」

いわゆる寝バックの体位だった。容赦なく奥まで突きさすや、最奥部のヌメヌメしたものに亀頭が食いこむ。

(最高だ)

「んっあああ。ハアァン、城戸さああん」

——な、なにこれ。気持ちいい！　すごく奥までち×ちんがとどいてる。はじめてなの……ああ、こんなのはじめて！

「気持ちいい？　桜ちゃん、これ、気持ちいい？　そらそらそら」

ぐぢゅる、ぬぢゅる。

「うあああ。ああ、城戸さん、ああ、恥ずかしい。あっあっ。あああああ」

「おおお……」

桜の膣は奥の奥までねっとりとぬめっていた。

これなら大胆に動いても痛がらせることはあるまいと、健は激しく腰を使いだす。

グチュグチュグチュ！

「ひいい。んひいいい」

「くうぅ、ああ、気持ちいい！」

ぬぽぬぽと、おもしろいほど鈴口がやわらかに粘る餅（もち）のようなものをえぐりこんだ。

子宮である。とろけた子宮が波打ちながら、襲いかかる亀頭に歓喜して、自らキュッと締めつける。

（おおお、ゾクゾクする）

しびれるような快感が、ペニスから全身にひろがった。健は奥歯をかみしめて、暴発しないようにぐっとこらえる。

——気持ちいいよう。気持ちいいよう。こんなのはじめて。はじめてなの！

「あああ。ああああ」

信じられない快さなのは桜も同じらしい。背後から体重を乗せてズンズンと突かれ、そのたび感きわまった淫声をあげる。

いつもクールな女子大生が、我を忘れてとり乱した。心の声の狂乱ぶりもあり、健はじつにいい気分だ。

「はぁはぁ……桜ちゃん、気持ちいいでしょ。ねえ、こんなところをチ×ポでえぐられるの、はじめてなんじゃない。ほらほらほら」

桜の耳に口を押しつけ、甘ったるい声でささやきながら、なおもポルチオ性感帯を責める。

「ひいい。んひいいい」

桜は激しく悩乱した。どうやら本当に、知らなかったようである。

胎内器官の奥深くに、これほどまでに自分を狂わせる悪魔のスポットがあったことを。

「桜ちゃん、チ×ポ気持ちいい？」

なおも耳に口を押しつけ、わざと甘い声でささやいた。

「ああああ」

(おおお)

そのとたん、肉棒を食いしめた膣路が波打つ動きで蠢動する。しかもその強さは、そうとうに激甚だ。

「ああああ。ああんあんあん。あああああ」

(桜ちゃん……)

とろけた女体は、狂おしく喜悦していた。自分を悦ばせてくれるたくましい巨根におもねるように、ぬめぬめした膣ヒダが波打って、根もとから亀頭の先までまんべんなく、健の陰茎をしぼりこむ。

「ど、とうなの、桜ちゃん。はぁはぁはぁ……聞いているんだ。でっかいチ×ポ、気持ちいい。んん？」

「ああああ」

恥じらってかぶりをふる桜に、健はしつこく聞いた。桜の美貌は真っ赤にほてり、湯あがり直後の状態に戻っている。

——チ、チ×ポ……ああ、チ×ポ！　チ×ポ、気持ちいい。でも、そんなこと言えないよう。

あられもない問いかけに、桜は本気で恥じらった。

健はこのチャンスを逃さない。

「今、チ×ポ気持ちいいって思ったでしょ」

「ひいいい」

桜はもうパニックだ。

——や、やっぱりばれちゃってる！　恥ずかしい。恥ずかしい。ああ、おかしくなるう。チ×ポ、気持ちいい。だ、だめ、そんなこと思っちゃ

「いいんだよ、エロいこと思って。うりうりうり」

ぐりっ。ぐりぐりっ。

「ああ、あああああ」

肉スリコギでポルチオ性感帯をかきまわすような責めかたをした。桜の喉か

らほとばしる声はいっそう乱れて自分を見失う。

ぐりぐりぐりっ。ぐりぐりぐりぐりっ。

「あおおお。おおおおお」

——き、気持ちいい。奥、いいの。奥。奥、奥、奥ンン。いやあ、なにこれ。こんなことされたら、もうイッちゃう。イッちゃうよおおう。

「おお、桜ちゃん、俺ももうだめだ！」

「ひはっ」

パンパンパン！　パンパンパンパンパン！

「あおおおお。おおおおおっ」

いよいよ健のピストンは、怒濤の抜き挿しへとエスカレートした。身体を熱っぽく密着させ、滑稽なまでの腰ふりで男根を暴れさせる。

桜の裸身はしっとりと湿りを帯びていた。

狭隘な膣路とカリ首が擦れあい、マッチの炎が噴くような衝撃がくり返しまばたく。

とろけるかのごとき甘酸っぱさがひと抜きごと、ひと挿しごとに高まった。

こらえようのない爆発衝動が肥大する。

「おおお、城戸さん、城戸さあああん、ああああああ」

(あっ……)

健は感じる。

濁流のような言葉の断片が、すごい勢いで脳に飛びこんでくる。

――気持ちいい。オナニーよりいい。おっきくて。チ×ポ、おっきい。このチ×ポ、好き。はじめて。はじめての快感。

「あああ。ああああああ」

(桜ちゃん……)

それは剝きだしの桜だった。

つくろいようのない感情だった。

――オマ×コ、いいよう。いいよう。いいよう。町川先生。水野くん。高木先輩。加納さん。加納さん、大嫌い。幸せになりたい。オマ×コ気持ちいい。幸せってなに。いいよう。マ×コいいよう。マ×コいいよう。

「ほら、もっとマ×コって叫んじゃないな。そらそらそらそら」

パンパンパン！　パンパンパンパンパン！

「うああ。あああああ。マ×コ、いいよう。城戸さん、マ×コいい。マ×コいい。このチ×ポ、でっかいの。でかくて太くていやらしいよう。あああ――ああ、私ったらなんてこと。でも、気持ちいい。いやらしいこと叫ぶと気持ちいい。気持ちいい。あああああ」

「ほらほら、思ってること全部叫びな。どっちにしても俺には全部わかってるんだ。だったら、叫んだほうが気持ちいいでしょ」

健はやせ我慢をし、激しい抜き挿しをくり返した。

ばつん、ばつん、ばつん、ばつん。

「あああ、城戸さあああん、誰にも言わないで。言わないでえええ」

「言うもんか。さあ、もっと叫びな！」

（ああ、もうだめだ）

どんなにアヌスをすぼめても、もはや限界のようである。陰嚢の中で睾丸が、煮たてられるうずらの卵さながらに跳ね躍る。

こしらえたばかりの精液は、もはや陰嚢になどいられない。

肉門扉が荒々しく破られた。これまた濁流さながらに、泡立つ灼熱のザーメンが陰茎の芯をせりあがる。

「あああ、気持ちいいよう。マ×コとろけちゃう。マ×コとろけちゃうンンン。中に出して。いっぱい、いっぱい中に出してええ」

「おお、桜ちゃん、もう出るよ！」

グヂュグヂュグヂュ！　ヌヂュヌヂュヌヂュ！

「うおおうおうおう。ウンチの穴もうずいてる。気持ちよくってマ×コも乳首もウンチの穴も、みんなみんな、気持ちいいよう。イグッイグゥ。あああぁ」

「出る……」

「うおおおおっ。おっおおおおおっ!!」

どぴゅどぴゅどぴゅ！　びゅるる！　どぴぴぴっ！

（ああ……）

恍惚の電撃が、脳天から健をたたき割った。意識を白濁させ、全身がペニスになったような多幸感に打ちふるえる。

ドクン、ドクン……。

湿った脈動音を立て、肉棒がザーメンを飛びちらせた。もちろん桜の膣奥深く、ズッポリと埋まったままである。

噴きだす精液が子宮をたたいた。

しかしもう桜には、その気持ちよさを訴える余裕もない。

「おう、おう、おおう」

「桜ちゃん……」

いっしょにオルガスムスに達していた。

陸に揚げられた活きのいい魚のよう。

ビクンビクンと何度も派手に痙攣し、女に生まれた悦びを誰はばかることなく享受する。

剝きだしの「女」がここにいた。白目を剝き、ガクガクとあごをふるわせて、アクメの快感におぼれている。

「あ……あああ……すごい……いっぱい……出てる……精子……温かい……ああ……」

「桜ちゃん……」

「おう、おう……アン、いやン、おおう……」
ふるえる裸身は、本人の意志ではどうにもならないようだ。
背後からそっと抱きすくめる。
健を背中からふり落としかねない激しさで、なおも桜は痙攣した。
——ありがとう、城戸さん。
心の声が脳にとどいた。
健は注意深く、桜の声に耳をかたむける。
——ありがとう、気持ちよかった。こんなすごいセックス、はじめて……ああ……。
(かわいい)
健はさらに強く、汗の湿りを帯びた女体を両手でギュッと抱きしめた。
「ハアァン……」
桜はうっとりと目を閉じて、幸せそうにため息をついた。

# 第三章　恥じらう淑女

## 1

「冗談じゃないよ、篠崎さん」

口をついて出るのは、篠崎へのくりごとばかりであった。

だが篠崎がしていることを知れば、文句のひとつも言いたくなるのは理の当然だ。

「春菜さんに愛想をつかされたからって、今度は秘書課の女と……」

自宅へとつづく住宅街の通りは、今夜もいつものように暗かった。人気のない通勤路をうつむいて歩きつつ、健はなおも篠崎に怒る。

気づけば篠崎は、秘書課のＯＬ社員にモーションをかけていた。この女性もまた、美佳や春菜とよく似たむちむち体型の美女。どうやら篠崎は、こういう女性が好みらしい。

つまり、心底美佳が好きというわけではないのかもしれない。

仕事中、そのOLとのやりとりを心によみがえらせる好色なひとりごとで、健はそうと気づいた。

嘘だろうと思いながら、さらに注意深く篠崎の心をのぞき、件の秘書課OLの心の声にも耳をかたむけたことで、健はふたりの仲がこっそりと進展しはじめそうなただ中にあることを知ったのである。

篠崎とOLは、すでに一度デートをしていた。次に迎える二度目のデートで、篠崎は彼女をものにしようと意気ごんでいる。

家に帰れば、あんなにすてきな奥さんがいるというのにだ。

(美佳さん)

健は美佳を心によみがえらせた。

あの人はもう、自分のことなどこれっぽっちも頼りにしてなどいないだろう。あんな非礼な行為におよんでしまったのだから無理もない。

自業自得もいいところだ。

だが、だからといって、もう自分には関係ないと、篠崎の身勝手なふるまいに見て見ぬふりはできなかった。

健がせつなく想いつづける美佳を、あるいはなんの罪もない春菜を、ただ単に身体めあてで傷つけて悪びれない篠崎に、いきどおりが増した。

偶然見ちゃったんですけどと篠崎にカマをかけ、ＯＬとの関係に水を向けた。

すると篠崎は、相手が仲のいい健だからと安心してか、彼女を狙っていることを嬉々とした表情で話して聞かせた。

健は我慢がならなかった。

ここまでいろいろと世話になってきた恩義はあるが、美佳という妻がありながら傍若無人なふるまいをつづける篠崎に、とうとう切れた。

トラブルになった。

ひょっとしたら、篠崎にして見れば、飼い犬に手をかまれたような思いもあったかもしれない。

それが一昨日のことだった。

以来二日間、篠崎との関係はずっとぎくしゃくしたままだ。

仕事の関係でまったく口をきかないわけにもいかなかったが、必要最低限のコミュニケーションしかしていない。

心の扉を閉じて鍵までかけ、篠崎の醜い呪詛の言葉が脳裏に飛びこんでこないようにした。

聞かれているとも思わずに、篠崎は聞くに堪えない痛罵の数々を健に向けつづけた。

「美佳さん、大丈夫かな」

思いだすたび胸を締めつけられるのは、かわいそうな美佳のことだ。

今ごろどうしているだろう。

誰かにしっかりと相談できているだろうか。どうしていいのかわからずに、ひとりで悶々としているのではあるまいか。

「くうぅ……」

心が千々に乱れ、いても立ってもいられなくなる。

なにもできない自分がもどかしい。

だが、何度電話をしても留守番電話になってしまうのだ。それが美佳の答えだいうことは、よくわかっている。

（……えっ）

通りの角を曲がり、住みなれたアパートの近くまで来た。

すると、アパート敷地の入口に、誰かがぽつんと立っている。

「あっ……」

足音に気づき、その人はこちらを見た。

表情が、闇の中でもよくわかる。

美佳だった。

もしかして、泣いていたのだろうか。両目が濡れているのは、涙のせいとしか思えない。

しかもその目は、どうにも腫れぼったい。

「美佳さん」

健は美佳に近づいた。

彼女と会うのは、あの夜以来。あのときは駅前だったが、今夜はアパートの前で待っていた。

いったいなにごとかと、あわてふためくのがふつうであろう。

「どうしたんですか」

美佳は敷地前の路上にいた。

悄然として、という形容がふさわしい。いたたまれなさそうにうつむいたまま、困ったように身じろぎをする。

その顔は、髪に隠れてよく見えない。

だが、唇をかみしめたことだけは見えた。

ノースリーブの白いワンピース姿。

なよやかな肩のまるみが艶めかしい。胸もとに盛りあがるダイナミックなふくらみも、いつも以上にまぶしかった。

「美佳さ——」

「ごめんね、城戸くん」

苦悶に満ちたその声は、今にも泣きだしそうである。

「美佳さん……」

「ごめんね、許して」

——私ったら、あんなことされたのに、城戸くんのところに。

（あっ……）

健のもとに、美佳の心の声がとどいた。美佳自身もまた、この状況にとまどっているようである。

――でも……城戸くん、許してね。こんなこと、私、ほかの誰にも相談できなくて……。

（美佳さん）

美佳の心の声を聞き、健は確信した。どうやら篠崎と、なにかあったようである。

「と、とにかくこんなところじゃなんだから……よかったら中に」

「…………」

「あ……や、やっぱり、まずいですよね」

アパートに招じ入れようとすると、美佳は困惑した様子で身じろぎをした。

健はあわてて別案を用意しようとする。

だが、そうなるとやはり徒歩で十二、三分はかかる駅前まで戻らなければならない。

しかしそこにさえ戻れば、まだやっている店はあるはずだ。

「えっと、それじゃ、駅まで——」

「おじゃまじゃない？」

「は？」

申しわけなさそうに、美佳は聞いてくる。

「美佳さん……」

「……とつぜん押しかけて、迷惑なんじゃ」

「い、いえいえ、そんなことは。散らかってますけど、それでもよければ、どうぞ。さあ」

健はぎこちなく、美佳を先導した。

美佳は申しわけなさそうに会釈をし、うつむいて健のあとにつづく。

「…………」

健はこっそりと、心の声を盗み聞きしようとした。

マナーに反すると思いはするものの、なにしろ相手はこの世で最愛の熟女なのだ。

——ごめんね、城戸くん。

すると、美佳は健に謝罪していた。

——あんなふうに別れたのに、こんなことされたらとまどうわよね。わかってるの。でも、でも……。

(美佳さん)

健はあらためて確信する。

これが美佳という女性である。

容姿だけでなく心も美しい、彼女のほかにはどこにも見当たらない、正真正銘の淑女。

(失礼なことをするなよ、今夜は。いいな)

健は自分に厳命した。彼を信じて部屋にまで入ろうとしている人妻を裏切るようなまねはできない。

木造アパートは、築二十年ほどの古い物件だ。だが手入れが行きとどいていて、比較的快適な住み心地である。

全八室のアパートは二階建て。健の部屋は二階の最奥にある。鉄階段をのぼりながら、健はひとりドキドキと心臓を打ち鳴らした。

## 2

「えっ、殴られた？」

ワンルームの部屋に、いとしの人妻を招き入れていた。

六畳の和室に小さなキッチン、ユニットバスがあるだけの簡素な作り。カーペットを敷いた和室の小さな卓をはさんで、美佳と向かいあっている。

たった今、聞き捨てならない告白をされたところだった。たしかめる声に、我知らず篠崎への怒気がにじむ。

「な、殴られたって言っても……げんこつとかじゃ」

「見せてください」

健は座布団から立ちあがった。

卓をまわって美佳に近づく。

「大丈夫、大丈夫だから」

「いいから、見せてください」

とまどって顔をそむけようとする美佳に、強引に求めた。

座布団に正座をする美女は、迷った様子で身じろぎをし、やがて覚悟を決めたようにこちらに顔を向ける。

「……ちょっと腫れてます？」

言われてみれば、左の頬に若干腫れぼったさが感じられた。

「そ、そうでもないと思うけど。あ……」

かわいそうにと胸を痛め、思わず美佳の頬に手が伸びかける。だが、健は気づき、あわてて手を引っこめた。

「…………」

「…………」

「い、痛かったですよね、きっと」

「ううん、そんな」

同情して言うと、美佳はあわててかぶりをふった。ぎくしゃくした空気にとまどうように、うつむいて押しだまる。

サラサラと髪が流れて、そんな美佳の美貌を隠す。

「俺……」

「……えっ」

「あ、いや」

「…………」

「…………」

(篠崎さん、あんた)

大事なこの人になにをしてくれるんだと、またしても篠崎への怒りが湧いた。

つらそうな表情を隠してうなだれる美佳を見れば、こみあげる思いは暴力的にすらなってくる。

どうして篠崎に頬をはたかれたのかは、すでに美佳の口から聞いていた。夫の行動に不審を抱き、我慢できずに訴えたのだという。

最初は篠崎も笑ってかわしていた。

しかし美佳は、そんな夫のいつわりの笑顔の裏に、見て見ぬふりのできないものを感じてしまったのだ。

いつにないしつこさで、篠崎を問いつめた。

すると篠崎も態度を一変させ、聞くに堪えない罵倒の言葉とともに、美佳に平手打ちをくらわせたというのである。

――うるさい、ブスって言われた……私、そんなに醜いの……？

（美佳さん）

彼女の心の声を聞き、健は胸を締めつけられる気持ちになった。

思いがけないしうちを受けた美佳はショックを受け、悲しみに打ちしがれ、そして――結婚してはじめて、夫を嫌いになりかけていた。

――はうう……。

端正な横顔を黒髪で隠したまま、美佳は禁忌な記憶をよみがえらせ、ひとりせつなく苦悶する。

――もちろん私、美人なんかじゃない。美人だなんて、これっぽっちも思ってない。でも……。

（ああ、美佳さん）

美佳の心の声を聞き、健はたまらなかった。

さきほどからずっとそうなのだ。

美佳は傷ついていた。苦しんでいた。

健から見れば、悪いのは全部篠崎だ。それなのに、自分にも非があったかもしれないと、美佳は必死に思いなおし、それでもやはり傷は深く、どうしていいのかわからなくなっている。

助けて、助けて、と求めていた。健の家まで来てしまったのも、やむにやまれぬという感じだった。

今さら健を頼ることなどできないことはわかりつつ、ほかにあてがなかった。世界はこんなに広いのに、美佳には健しか相談できる相手がいない。

(美佳さん、ああ、美佳さん!)

「ご、ごめんね。えっと……」

ぎこちない沈黙に耐えかね、美佳はなにかを言おうとした。

だがその心は、さらに乱れておさまりがつかない。

——ブス。私はブス。ブス、なんだ……。

(違う。美佳さんはブスなんかじゃない)

篠崎の罵声を心によみがえらせ、美佳はさらに傷ついていく。

健はいてもたってもいられなかった。

(美佳さん、ああ、俺……)

——わかってるわ。自信なんて全然ない。でも、だからこそ、少しでもかわいいやつだって思ってもらいたくて、私、一生懸命努力して。それなのに……ブスだなんて、あんな軽蔑したような顔つきで——。

「ブスなんかじゃない」

「……えっ」

(——っ。しまった)

激しく苦悶する美佳に、知らん顔などできなかった。こみあげるせつない想いに、健もまた苦しめられている。

耳にしたのは心の声なのに、ついダイレクトに反応してしまった。当然、美佳は驚いて目を見開き、こちらを見る。

(どうしよう)

「城戸くん、あの……」

「い、いや……さっき言ってたじゃないですか。篠崎さんにブスだって言われてつらかったって」

「えっ……」

「そう聞きましたよ、俺」

「えっ……えっ、えっ」

――私、そんなこと言ったかしら。えっ……そうだった……？

（まずいぞ。まずい、まずい）

健は必死にとりつくろおうとした。しでかしてしまった不始末にうろたえ、背中に冷や汗が噴きだす。

「い、いつ、私、そんな話」

口もとに笑みを浮かべながらも美佳の目は泳ぎ、軽いパニックになっている。

盗み聞きする心の声は、ここにいたるまでに健とかわした会話を、最初からずっと追いかけている。

「いや、えっと、だから、さっき……」

「さっき？」

——さっき？　さっきっていつかしら……部屋にお邪魔をして、冷たい飲み物を用意してもらって……私、篠崎とけんかをしてしまったこと……そして、あの人に頬をたたかれたこと……それは話したけど……あの人にブスって言われたことまで話したかしら……。

（まずいまずいまずいまずい）

この能力を手に入れて以来、ここまで浮き足だったことはなかった。

こっそり心をのぞいていただなんて、そんなことがばれたら、もう二度と相手になどしてもらえまい。

そんな気持ちの悪いやつ、誰だって願い下げである。

いや。

そもそもそんな能力を持つ人間がいるだなんて思いもしないだろうから、さすがにそんな心配は杞憂か……。

——もしかして、私の心の声が聞こえるの？

（思ってるううう！）

健は飛びあがりそうになった。美佳のかたわらに正座をしていたが、両手を頭にやり、叫び出したい心境だ。

——まさか、そんなことあるはずない。でも……。

美佳は健から顔をそむけ、うつむいたまま落ちつこうとした。

(ああ、美佳さん)

——あのタイミング……城戸くんが「ブスなんかじゃない」って言ってくれたあのとき、たしか私、ちょうどあの人にブスだって言われたことを思いだしていて——。

「み、美佳さん、ああ、美佳さん!」

「きゃあああ」

どちらがパニックになっているかと言われたら、間違いなくこちらだと自信を持って言えた。

それを証拠に、してはならない行動に出る。

これ以上、美佳に詮索(せんさく)されたくないばかりに、たまらず人妻にふるいつき、ふたりしてカーペットの床に倒れこむ。

3

「き、城戸くん……なにをするの！」

美佳は両目を見開き、驚きと恐怖に顔を引きつらせた。おおいかぶさろうとする健を、かぶりをふって両手で押しのける。

「美佳さん、ごめんなさい。でももう、我慢できません」

健は観念した。

こんなことをしてしまった以上、もはやあともどりはできない。

「……えっ」

「愛してます。美佳さん、俺……美佳さんを愛してる」

「――っ、城戸く……きゃあああ」

美佳はうろたえ、フリーズした。

健はその一瞬の隙（すき）をつく。押しのけようとする白魚の指を両側に払い、強引に抱きついた。

（ああ、おっぱいが）

自分でしかけておきながら、胸に密着する乳房の熱さと、その量感に恍惚とする。

ふたりの身体に挟まれて、やわらかなおっぱいがクッションのように生々しくはずんだ。

いつもほんのりと香る甘いアロマが、今夜も濃厚になった。

愛している。

俺はこの人を、心の底から愛している。

そんな想いが、自分ですら驚く強さで胸の奥から噴きだしてくる。

あふれ出す感情に、健は翻弄された。空恐ろしくすらなりながら全力で美佳を抱きしめ、白いうなじに口づける。

「きゃあああ」

（えっ）

そのとたん虚空にはじけたのは、予想もしなかったあられもない声。

そんなつもりはなかったが、痛くさせてしまったかと心配になったほどだ。

「美佳さん……」

あわてて力をゆるめ、顔を見た。

だが美佳は見られることを恥じらうように美貌をそむけ、健の拘束から逃れようとする。

「は、放して。城戸くん、放して」

――い、いや。私ったら……。

（うん……？）

美佳は動揺していた。

その心の声に耳をすませる。

――そうだったわ……このごろ、私ったら、すごく感じるようになっちゃって。前はこんなじゃなかったのに。て言うか、城戸くん、こんなのいや……。

（そうなのか）

ずいぶん感じる人なんだなと意外な気がしたが、この感じかたは本人としても、とまどいのもとのようだ。

本気で恥じらい、動揺し、健の暴挙に心から困惑している。

だが健は、もはや自分を抑えられない。

「おお、美佳さん」

ちゅっ。

「うあああ」

ビクン、ビクン。

(冗談だろう)

春菜も桜も、ひとかわ剝けばかなりエッチな女性だった。

だが美佳の場合は、それともどこか違う気がする。よくはわからないながらも、本能がそう思った。

感じかたの激しさが、春菜や桜とどこか異なる。

(た、たまらない)

人という生き物は、ギャップに萌えるという話も聞く。だとしたら、これもまたそうとうなギャップであった。

清楚で奥ゆかしい真性の淑女。

顔だけでなく、心までもが清らかで美しいこともわかっている。

そんな熟女の肉体が、まさかこんなに敏感だったなんて。しかもこの敏感さは、つい最近、開花しはじめたもののようだ。

もしかしたら、篠崎すら知らないのではあるまいか。

「美佳さん、愛してます。愛してしまったんです。だから、篠崎さんのことで苦しむ美佳さん、つらくて見ていられない。だから……だから――」

「むんうぅ」

(ああ、とうとう俺、美佳さんの唇を)

健は甘酸っぱく、脳髄をしびれさせた。いとしの人妻のぽってりとした唇を嵐のようにうばう。

「んむぅ、だめ、いけないわ、城戸くん……んっ……」

「ごめんなさい、ああ、でも俺、感激です。美佳さんとキスを……」

ちゅぽちゅぱ、ピチャ、ぢゅちゅ。

「だめぇ、んっあぁぁ……んっんっ……」

いやがる美佳に有無を言わせず、やわらかな朱唇にグイグイと口を押しつけた。美佳は懸命に抵抗する。

ちゅっちゅ。

――きゃう。

(美佳さん……)

表面上はいやがっていた。

うめきながら、なんとか健から唇を離そうとする。

しかしそのじつ、心の本音は艶めかしい。健に口を強く吸われ、うろたえた悲鳴をあげている。

ちゅっちゅ。ちゅぱ。

――きゃう。きゃう。えっ、ええっ、どうしたの、私ったら……いや、恥ずかしい……こんなことされて、感じちゃってる……！

(ああ、美佳さん！)

どうやらキスをされるたび、淫らな快感が熟れた肉体にひらめくらしい。

そんな身体を持てあまし、人妻はますますパニックになる。

――いや、どうしてこんなことに。は、恥ずかしい……恥ずかしい……！

(こ、興奮する)

なにしろ世界一好きな美女なのだ。許されるのなら、あんなことやこんなこと、あれもこれもといっぱいしたい。

だが、思いはそうでありながら、同時にせっぱつまってもいた。悦びと興奮があまりに強く、へたをしたら暴発しそうになっている。

最愛の人を前にして不様なまねはできなかった。とは言え、今夜の健に残された時間が、もはやあまりないことも事実のようだ。

「おお、美佳さん」

「いやあああ」

スルスルと熟れた女体を下降して、太腿の間に陣どった。

ワンピースのスカート部分が乱れ、むちむちした白い腿の一部が露になっている。

健の鼻息はますます荒くなった。スカートの裾を両手につかむや、許しも得ずに臍の上まで豪快にまくりあげる。

## 4

「いやあ、やめて、城戸くん」

「おおお、美佳さん、ごめんなさい、俺、たまらないです」

「きゃあああ」

いやがって逃げようとする美佳を、健は許さなかった。

あばれる両脚をつかむや、品のないガニ股開脚を強要する。

こんな上品な女の人に、なにがあろうとさせてはいけない禁忌なポーズ。それほどまでに、清楚な美女とガニ股のとりあわせは最大級の破壊力だ。

もっちりした下半身が、まるごと露になっていた。

美佳がはいていたのは、地味でなんの変哲もない、ベージュ色をしたパンティ。男の視線を意識した、セクシーだったり露出面積が多かったりといった代物ではない。

むしろ、こんな展開になるだなんて想像もしていなかったことがよくわかる、いたってふつうの下着である。

だが、それがよかった。だからこそ、いっそう燃えた。

息づまる気分になりながら、パンティの上からクリ豆のあたりを――。

れろん。

「うあああああ」

(おお、美佳さん)

――い、いやああ。私ったら……なんて声を出しているの。違う。前の私はこんなじゃ……。

下着の上からわずかな突起をひと舐めしただけで、美佳は彼女とも思えない声をあげた。

しかもそんないやらしさは、直後に恥じらう淑女な素顔のおまけつきだ。

そんな美佳に辛抱たまらず、健はさらに鼻息を荒らげる。

れろん、ねろん、ねろねろと、パンティ越しのクンニをみまう。

「あああ。ああああ。だ、だめ、やめて、城戸くん。いや。いやいやいやあ」

「はぁはぁ……美佳さん、許してください。い、一度でいい。美佳さんに想いを……俺の想いを……んっんっ！」

　れろれろ、れろん。ねろねろねろ。

「うあああ。な、舐めないで。城戸くん、お願い。そんなとこ舐めたら。ああああ」

――か、感じちゃう。どうして。どうして。セックスレスだったから？　知らない間に身体が変わってしまっていたの？　いや、感じちゃう。城戸くんのせいでおかしくなっちゃう！

「お、おか――」

　おかしくなってくださいと言いかけ、つづく言葉を呑みこんだ。

　ピンチな状況をうやむやにしたい気持ちから、持ちこんでしまったいけないシチュエーション。

　ふたたび同じ不始末をしでかしてしまったら、もとの木阿弥（もくあみ）だ。

「み、美佳さん、直接舐めたいです」

「えっ、ええっ？」

　心からの思いを言葉にした。

淫らな行為のせいで、美佳はいくぶんぼうっとしはじめている。だが健にそんなふうに言われ、またしても小顔が緊張で引きつる。

「だ、だめ。もうやめて、城戸くん。城戸くんが、こんなひどい人だったなんて――」

「そんなこと、もうわかっていたはずじゃないですか」

本当は言ってはいけないことだった。健を頼ってここまできた美佳への冒瀆(ぼうとく)以外のなにものでもない。

しかし健は、言わずにはいられなかった。

ずっと我慢を強いてきた。

ずっとずっと、美佳を見るたび本能を抑えつけた。

そんなせつない思いが、まがまがしいトゲをいっぱいに突きだし、罪もない熟女に向けられる。

恋とは、男とは、なんとやっかいなものだろう。

「き、城戸く――」

「ああ、美佳さん」

くいっ……。

「きゃあああ」

（うおおおっ！）

ついに健は、パンティのクロッチを脇にやった。そのとたん、美佳の悲鳴が室内に響きわたる。

露になったのは、最愛の女性の究極の恥部。思いもよらないその眺めに、健は心で絶叫する。

剛毛だった。嘘だろうと、天にも昇る心地になる。

どんな女性より楚々とした、魅力いっぱいの淑女の秘丘が、まさかマングローブの森だなんて。

やわらかそうなヴィーナスの丘いっぱいに、縮れた黒い毛がびっしりと生えている。

そんな剛毛繁茂の下のほうに、肉厚のラビアがふたつ仲よく飛びだしていた。

しかも熟女の肉園は、早くも扉を開いている。

もっさりとした剛毛繁茂の中に、健は見た。生々しさあふれる、紅鮭（べにざけ）の切断面でも見ているような、サーモンピンクの膣園。

それが艶めかしいぬめりとともに、視界に飛びこんでくる。

それはおそらく、美佳の意に反する状態だったろう。

心で悲鳴をあげながらも、三十六歳の熟れ女体は、にじみだす愛欲の汁をこらえきれない。

(ああ、いやらしい)

真綿で首をしめられるような気分とは、まさにこのこと。期待や想像をうわまわるエロチックな眺めに、健はうまく息すらできない。

胎肉の奥へとつづく小さな穴が、ヒクン、ヒクンとひくついては、新たな蜜をあふれさせた。

蝶(ちょう)の羽のようにラビアが蠢き、甘酸っぱい、柑橘系のアロマがふわりと健の顔をなでる。

ワレメの上に鎮座するのは、莢から剝けたまるだしのクリトリス。

充血したクリ豆が、痛いほどに張りつめている。ワレメの大きさは小ぶりだが、それとは逆に陰核はちょっぴり大きめに見えた。

「おお、美佳さん！」

健はもう有頂天だ。ふるいつきたくてたまらない。舌を突きだし、鼻息を荒くして、ずる剝けの牝芽に舌を擦りつける。

ねろん。

「きゃあああ」

「えっ……」

この夜いちばんのあられもない声が、美佳の喉からほとばしった。

しかも美佳は、強い雷にでもつらぬかれたかのように、派手に肢体をバウンドさせ、カーペットの上で七転八倒する。

（ほ、本当か……？）

驚いて、健は美佳を見た。

三十六歳の熟女は、陸揚げされた魚のように熟れた女体を痙攣させる。

「い、いや……だめ……あっ……見ないで……こんな、私……」

「そんなこと言われても、もう無理です。んっ……」

れろん。れろん。

「ああああ」

あばれる美佳を押さえつけ、もう一度身もふたもないガニ股にさせる。

そうやって責めたてるのは、もちろんクリ豆だ。

硬くした舌を跳ね躍らせ、健の唾液に濡れた牝豆を、パンチングボールさながらに舌であやす。

「きゃああ。あああああ、いや、だめだめだめえ。ああああああ」

「あっ……」

ビクン、ビクン、ビクン……。

「美佳さん……」

「違う……違うの……これは……これ、これは……あああ……」

やはり感じかたが尋常ではなかった。

健はうっとりと、目の前の痴女を見つめる。

（――えっ。ち、痴女？）

自分で思っておきながら、その言葉にギクッとした。

（痴女……そうだよな、こういうメチャメチャ敏感な女の人のことを、いわゆる痴女と言うんじゃ……）

「も、もうやめて……許して、帰らせて……」

「あっ……」

自分の考えに夢中になり、つい美佳への支配がおろそかになった。

人妻はなお、軽いアクメの余韻から完全には立ちなおれない。

しかしそれでも力をふりしぼり、身体を裏返して立ちあがった。健から逃げようとする。

「だめです」

健はうろたえ、背後から美佳に襲いかかった。

乱れたワンピースのスカートを、もう一度豪快にまくりあげる。露出したたくましいヒップには、ベージュ色のパンティが食いこんでいた。

「あああああ」

指を伸ばし、ずるりと尻からパンティを剝いた。

脂肪みたっぷりの旨そうな尻が、プルンとふるえて露出する。谷間の底の肛門は、淡い桜の色をしていた。

なんだかからかいがいのある秘肛に見えた。だが今の健には、アヌスに向かう余裕はない。

美佳は、はいはいをして逃げようとした。

そんな人妻の双臀をわっしとつかむ。

ずり下ろしたパンティは太腿の半分ほどのあたりで、こよりのようにまるまったままだ。

「おお、美佳さん、んっ……」

うわずった声で美佳を呼び、またしても股間に吸いついた。

剛毛繁茂から卑猥な姿をのぞかせる、ピンクのワレメにねろりと舌を擦りつければ――。

「きゃあああ」

（すごい）

美佳はひとたまりもなく吹っ飛んだ。両手を伸ばし、カーペットにダイブして、長い黒髪を乱す。

スカートは腰の上までまくれたまま。まるだしの尻肉が、皿に落とされたプリンのようにプルンプルンとよく揺れる。

5

「はぁはぁ、美佳さん、はぁはぁはぁ」

「あぁぁン、いやあ……」

健は手を伸ばし、太腿にまつわりつくパンティを完全に脱がせた。

そうはさせじと美佳は抵抗を試みるも、軽いアクメの連続のせいで、もはや思うように力が入らない。

「美佳さん、許してください。許して」

健は許しをこいつつ、痙攣をつづける人妻を四つんばいの格好にした。

急いでベルトをはずす。

ボクサーパンツごと、スラックスを脱いで下半身をまるだしにする。

ブルルルンッ！

「——ひいいっ」

天衝く尖塔さながらの、雄々しい勃起が飛びだした。ちらっと目にした美佳は、驚いたように息を呑む。

健はいたって平凡で、どちらかと言えば地味なビジュアルだ。そんな健の股間に、よもやこれほどまでの一物があったとは想像もできなかったろう。

美佳はなおも、はいはいをして逃げようとした。

健はそんな熟女の背後に膝をつき、またしても尻をつかんで動きを封じる。

「きゃあン」

——ど、どうしよう。犯されちゃう。城戸くんに犯されちゃう！

（ああ、美佳さん）

美佳の心の声に、ますます劣情をあおられた。

わかっている。

やっていることは非道で極悪だ。それ以外のなにものでもない。

しかし、とうとう自分の人生にやってきた信じられない瞬間に、泣きたくなるほど舞いあがっていることも、隠しようのない事実である。

(挿れられる。美佳さんのオマ×コに、チ×ポを挿れられる)

「はぁはぁ。はぁはぁはぁ」

鼻息を荒らげ、顔が熱くほてるのを感じながら、熟女の背後で態勢をととのえた。

ペニスは腹にくっつきそうになっている。

手にとると、ヤケドするかと思うほど熱かった。しかも見れば、いつもよりさらにパンパンに勃起して、いけない欲望を満タンにしている。

「ゆ、許してください。美佳さん、愛してます」

謝罪しながら不純な行為を働こうとした。ペニスの角度を変え、亀頭を膣に押しあてる。

ニチャッ。

「い、いやあ……」

美佳はビクンと身体をふるわせ、あわてて逃げようとした。

「お願いです、お願い」

いやがる美佳に罪悪感をおぼえながらも、もう我慢できない。

美佳の動きを力任せに封じた。

「ああ、美佳さん」

万感の思いとともに、健は前へと腰を突きだす。

ヌプヌプッ！　ヌプヌプヌプッ！

「あああああ」

「わあっ」

あふれだす熱い想いとともに、膣奥深くまで怒張でつらぬいた。亀頭がやわらかなもので通せんぼをされ、深く突きささるのを感じる。

美佳はまたしても吹っとんだ。

この日いちばんの、とり乱した悲鳴とともにである。

性器でつながった健は、引っぱられるように美佳につづいた。折りかさなり、熟女の背中におおいかぶさる。

美佳の身体は熱かった。

ワンピース越しに感じる体熱は、ふいをつかれるほてり具合だ。いくぶんしっとりと、汗の湿りも感じさせる。

「美佳さん……」

「い、いや……見ないで……見ちゃいや……違う……違うの……私、いつもはこんなじゃ……あうう……」

(イッたんだ)

今までの流れを見れば、無理もないことではあった。

健の亀頭でポルチオ性感帯をえぐられた人妻は、自分をつくろうすべもない。汗ばむ身体を痙攣させ、意志とは裏腹な天国にとまどいながら耽溺(たんでき)する。

――い、いや、恥ずかしい。

心の声が健にとどいた。

――私ったら……城戸くんに犯されて……こんな姿を見せてしまうなんて、恥知らず。最低の女。ああ、裏切ってしまった……私も、あの人を……。

(ご、ごめんなさい。ごめんなさい)

健は心で美佳に謝罪した。

ところが、そんな彼の脳裏に新たな言葉も飛びこんでくる。

――あ、あなた……もしかして期待していたの、こんなふうにされること。

（えっ）

なおも艶めかしく女体を痙攣させながらも、耳をすませばこの人は、自分自身を責めていた。

（美佳さん……）

――期待していたんでしょ。あの日、城戸くんの気持ちを知ったのに、それでもこんなふうにこの子を頼って。

（こ、この子）

――いやらしい女。本当に最低。城戸くんの気持ち、わかっていたくせに、もてあそぶようなことをして。こんなふうになることだって、どこかで期待してたんでしょ。あなた、本当に最低だわ。

「み、美佳さん、ああ、美佳さん」

自分を責める、きまじめな熟女の心の声に胸を締めつけられた。

どうしよう。

ますます好きになってしまう。

美佳への熱い想いは、もはや奔流のようにあふれだしはじめていた。

「ハァァン……いやあ……」

ワンピースの背中にあるファスナーを荒々しく下ろした。

露出したのは、パンティとそろいの地味なベージュのブラジャーだ。

背中のホックをプチッとはずす。美佳の肩からワンピースの布をすべらせ、ブラジャーを抜いてうしろに置いた。

そうやって、三十六歳の熟れ女体をもう一度獣の格好に戻せば――。

「あはあぁ……」

「おお、美佳さん……」

露になったおっぱいが重たげに房を躍らせた。ひとつにつながったまま、健は背後から、揺れる巨乳をのぞきこむ。

(おおお……)

釣鐘のように伸びたおっぱいは、やはり男泣かせの大迫力。

ほの暗い視線で盗み見れば、小玉スイカのようなボリュームでたゆんたゆんと艶めかしくはずむ。

ただ大きいだけでなく、形も最高に見えた。しかも乳のいただきを彩るのは、かなり大きめな乳輪だ。

（デ、デカ乳輪。色も……ピンク！）

感激に打ちふるえ、健はうっとりと乳の先の眺めを見た。

乳輪は直径が四センチ前後はある。そのうえ、その色合いは西洋の女性を思わせる、腫れぼったそうなピンク色だ。

日本人では少数派であろうそんな乳輪が、白い乳のいただきに鏡餅のように盛りあがっていた。

乳輪が鏡餅なら、乳首はミカンだろう。

乳輪の上でぷっくりと、痛いほどに張りつめたまるみを見せつけて、虚空にジグザグのラインを描いている。

「城戸くん、許して……許してぇえ……」

「美佳さん……」

慈悲をこう美佳の声は、もはや涙まじりである。彼女の心の声も聞いているだけに、健の罪の意識は重い。

「こんなことしちゃいけないの。わかってるでしょ。だって私……人妻――」

「ああ、美佳さん、美佳さん」

「ああン……」

態勢をととのえ、美佳の尻肉に指を食いこませた。

理性の鞭（むち）など、どんなにくれてももはや手遅れ。

なぜならば、世界でいちばん遠くに存在した禁断の女陰なのである。

そこにペニスをえぐりこめた男なら、百パーセントの確率で同じようにするだろう。

ぐぢゅる。

（うおおおおっ。き、気持ちいい）

「ひはっ。アアン、城戸くん」

こらえきれずに腰をしゃくり、亀頭を膣ヒダに擦りつければ、火花の散るような快美感がひらめく。

ドロリと脳髄が、くずれた豆腐のようになる。

ますます理性が崩壊し、目の前のこの人に想いのすべてをたたきつけたくなってくる。

「城戸くん、だめ。だめええ……」

「ごめんなさい。全部俺が悪いんです。美佳さんは悪くない。美佳さんは悪くないです。ああ、美佳さん！」

ぐぢゅる。ぬぢゅる。

「うあああああ」

「ああ、美佳さん、気持ちいい」

「そ、そんなこと言っちゃだめ。いけないの。こんなことしちゃいけな――」

ぐぢゅる、ぬぢゅる。ぐぢゅる。

「あああああ。だめええええ」

「美佳さん、美佳さん、美佳さん、美佳さん」

ぐぢゅぐぢゅぐぢゅ。ぐぢゅ、ずっちょ、ねちょ。

「うあああ。ああ、どうしよう。どうしよう。あああああ」

「はぁはぁ。はぁはぁはぁ」

いよいよ健のピストンは、リズミカルな反復運動へと移行した。挿れても出してもとろけるような快さが、亀頭から全身にくり返しひろがる。

（くぅ、狭い……）

もう死んでもいい——心の底からそう思いながら、同時に健はしびれる心地で美佳の膣の狭隘さに歓喜する。

とても三十六歳の人妻とは思えない狭さ。

そのうえ、なんだ、このザラザラは。

胎路のどこをどう擦っても、快い凹凸感が亀頭を艶めかしく刺激する。甘酸っぱさいっぱいの恍惚感がまたたく。

（しかも。あああ……）

ぐっちょぐちょ。ずちょぬちょずちょぬちょ。

「あああ。やめて。もうやめてええ。あっあっあっ。あっあっあっあっ」

美佳はいやがって嗚咽まじりの声をあげるが、ペニスを呑みこんだ膣道は、極悪なまでのもてなしぶり。

波打っている。そう。間違いなく蠕動（ぜんどう）していた。

蛇腹のような波打ちかたで健の肉棒を甘締めして「もっとして。いいのいいの、もっとして」とおもねってでもいるかのような蠢き具合で、うずく男根を狂喜させる。
篠崎はばかだと、健は思った。
こんなにきれいで心根のやさしい奥さん。しかもその女陰は名器と言っても
よいようないやらしさではないか。
どうしてこんないい女がそばにいながら、ほかの女になど目がいくのだろう。
それとも結婚とは——ひとりの女といっしょに暮らすとは、これほどまでの
女性ですら魅力をおぼえなくなってしまうものなのか。
(俺は違う)
健は心から思った。
やはり篠崎はばかだともう一度思う。もう、この人から離れられないと強く
感じた。

6

「ああ、美佳さん、気持ちいいです」

グチョグチョグチョ。グチョグチョ、グチョグチョグチョ。

「あっあっあっ。ああ、だめ。そんなこと言っちゃだめ。あああああ」

「美佳さんは……美佳さんは気持ちよくないですか？」

「し、知らないわ。知らない、知らない。ああああああ」

——き、気持ちいい。いや、私ったら、気持ちよくなってきた。

黒髪をふり乱し、うわべは否定して見せながら、本音では美佳もまた、健の責めに禁忌な快感をおぼえている。

ここまでの美佳の反応を思いだせば、それも当然。だが肉体の反応と持ち主の罪悪感は、やはり別物だ。

——最低の女。最低の女。あの人じゃないの。この子はあの人じゃない。それなのに私ったら……私ったら……どうしよう。気持ちいい。城戸くん、どうしたらいいの。私、ほんとに気持ちいい！

「おお、美佳さん、美佳さん！」

バツン、バツン、バツン……。

「あっあっあっ。ハアァン。いや、だめなのに……こんなことしちゃ、こんなこと――」

「だって気持ちいいんです。美佳さんのオマ×コ、気持ちいい」

「ひいい」

健はわざと卑語をぶつけた。

おもて向きはともかく、心の声がどう反応するか知りたかった。

すると――。

――オ、オマ……い、いや、恥ずかしい。えっ。えっえっ。いや、私ったら、城戸くんのエッチな言葉にも感じてしまってる！

（やっぱりだ）

「ああ、気持ちいい。美佳さんのエロいオマ×コ、気持ちいいです」

「いやいや。そんなこと言わないで。うああ。うあああ」

「あっ……」

キュンと、ひときわ強く淫肉が男根をしぼりこんだ。

腰の抜けそうな快感がひらめき、健は暴発しそうになる。

だが、まだだ。せめてもう少し、あとちょっとでいいから、生まれてからいちばん幸せな今という時間を味わいたい。

「美佳さんのオマ×コいいよう。オマ×コいいよう」

「やめて。そんなはしたないこと言っちゃだめ。だめだめだめだめ」

ずちゅ。ぐぢゅる。

「うああああ」

ネチョネチョぐぢゅる。ぐちょぐちょぐちょ。

「あああ。ああああああ」

「はぁはぁ……美佳さん……オマ×コいいよう。オマ×コ、美佳さんのぐぢゅぐぢゅマ×コ」

「い、いやあ……」

——オ、オマ……オマ……！　いや、私まで言いそうになってしまってる。だめだめ。美佳、あなた、なにをしているの。ああ、でも……！

「オマ×コ。はぁはぁ……美佳さんのオマ×コ。オマ×コ。オマ×コ」

「いやいやいやああ。あっあっあっ」

（おお、また締まる！）

恥も外聞もない卑語責めは、効果抜群だ。

聞くに堪えない四文字言葉を浴びせかけられ、純粋な淑女は恥じらいながらも、さらに淫らになっていく。

――どうしよう、感じてしまう。私のばか。なんて女なの。人妻なの。私は人妻――。

「オマ×コ」

「いやあああ」

――ああ、そんなこと言わないで。感じてしまう、エッチな言葉に私ったらばか、ばかばか。あああああ。

「くうぅ、美佳さん……」

キュンキュンと、美佳の牝肉が健の勃起をしぼりこんだ。

いや、これはしぼりこむなどというレベルではない。

(えっ、吸ってる?)

実際に、淫肉が男根を吸うなどというばかなことはないだろう。だが、そうとしか思えない強い感覚がくり返しペニスからひらめく。

(わあ。わああっ)

それは、たとえるならば人妻が、膣内に秘め隠していた無数の艶めかしいヒルの群れ。よってたかってうずくペニスに吸着し、チュウチュウと音を立てて亀頭を、棹を吸っている。

(き、気持ちいい。もうだめだ！)

天にも昇るような、激烈な快美感。

必死にアヌスをすぼめても、背すじを駆けあがる鳥肌をこらえきれない。

「美佳さん、だめです。もうイクッ」

「あっあっ……えっ、ええっ？　ああああ」

パンパンパン！　パンパンパンパン！

「うあああ。ああ、城戸くん、城戸くん、うあああ」

「はぁはぁ。はぁはぁはぁ」

残された時間は少なかった。

やせ我慢をして奥歯をかみしめれば、口の中いっぱいに甘酸っぱい唾液がじわりとにじむ。

「ああ、気持ちいい。美佳さん、チ×ポ気持ちいい。チ×ポ気持ちいい！」

「あっあっあっ。いやいや、あああ。あああああ」

ほとばしる健の言葉は、まさにばかまるだしだ。

だが、それは心からの思いだった。泣きそうになるほど幸せな、嘘いつわりのない思いである。

グヂュグヂュといやらしい汁音を立て、性器と性器が擦れあった。こらえきれない激情が股のつけ根をうずかせる。

頭がぼうっとした。ふわふわとたまらなくいい気持ちである。男に生まれた悦びを今ほど幸せに感じたことはない。

「おおお、気持ちいい。イクッ、イクッ……」

「あっあっ……城戸くん、中はだめ……中はだめよ！　ねえ、聞いてる？」

美佳がなにか叫んでいた。

だが健は、もうその意味を理解できない。

――ま、まさか中に出すつもりじゃ!?　あっあっ、あああ……だめ、それだけは、それだけはあああ……気持ちいい！　気持ちいい！　だめだめだめだめええ。

心の声も脳にとどいた。だが美佳もまた気持ちいいのだなと、そんなことしか認識できない。

「出る……出る出る出る出る！」

健は腰をしゃくった。

ぬめる膣ヒダにカリ首を何度も擦りつける。

熟れた女体を、前へうしろへと揺さぶった。四つんばいの淑女は「ああ。あああ」と気が違ったような声をあげ、おっぱいをブラブラといやらしく躍らせる。

気持ちよかった。最高だった。

この人と子供を持てたらどんなに幸せだろうと、理性を喪失した頭でぼんやりと思う。

(子供……子供？)

「ああ。だめえ。わかってるわよね、城戸くん。ねえ、城戸くん！　あっあっあっ。あっあっあっ！」

美佳がなにごとか叫んでいた。

だが健には、もはやよくわからない。

――ち、違うわよね。最後は抜いてくれるのよね!?　ああ、気持ちいい。とろけちゃうンン。でも、でも……城戸くん……城戸くんってばあああ。

（美佳さん、気持ちいい！）

心の声も、もはやとどかない。言葉はとどきはするものの、意味を理解しようとする機能は完全に麻痺（まひ）している。

健は亀頭だった。亀頭こそが健だった。

今この瞬間、健の魂はうずく亀頭の中にしかない。

ぬぢゅぐちょ、ねちょねちょ。ずちょにちゃぐぢゅぐぢゅ！

「うあああ。ああ、城戸くん、あっあっあっ、あああああ」

「おお、美佳さん、出る……」

「抜いてね。抜いて抜いて！　ああ、気持ちいい！　気持ちいい気持ちいいうあああああっ!!」

――どぴゅどぴゅ、びゅるる！　どぴどぴどぴぴっ！

（ああああ……）

怒濤の連打のはてに、ついに健は火を噴いた。

ペニスの先からだけでなく、脳もまた噴火したような比類のないカタルシス。陰茎が脈動し、咳(せ)きこむ勢いでザーメンを、ゴハッ、ゴハッとぶちまける。

ついうっとりしたくなる苛烈(かれつ)な快感。

射精とは、これほどまでに気持ちのよいものだったのか。

三回、四回、五回——波打つポンプさながらに精子を飛びちらせながら、健は多幸感に打ちふるえ、やがて——。

(……えっ)

ようやく理性が戻ってくる。

なにか必死に言われていたことを、ようやく自覚しはじめた。それがなんであったかを心でたどろうとすると、いやな予感しかしない。

(え、えっと……えっと……あっ！)

「ひうう……」

「——っ。美佳さん……」

ハッとした。

健はあわてて目を落とす。

性器が根もとまで、美佳の膣に埋まっていた。股間と尻が密着し、汗ばむ尻の湿り気と熱さを今さらながらに感じる。

「……あっ！」

「はうう……だめって……言ったのに……あっ、あああ……」

「み、美佳さん……」

美佳は高々と尻を突きあげたまま、ビクビクと熟れ女体をふるわせた。上体は床に突っ伏して、移動途中の尺取虫のようなポーズになっている。

押しつけられた豊乳が、ひしゃげた水風船のようになっていた。身体から脇にはみだしてまるくなり、痙攣のたび、乳のおもてにさざ波を立てる。

「ひどい……城戸くん……中はだめって……」

「す、すみません！」

そうだったと、ようやく健は思いだす。たしかに言葉はとどいていた。それなのに、意味が理解できなくなっていたのである。

（なんてことだ）

今さらのように青ざめた。いそいで腰を引き、膣からペニスを抜く。

ピュピュッ……！

「ハアアァン……」

「おおお……」

肉栓を失った牝穴から、水鉄砲の勢いで飛沫が散った。

飛沫は精液と愛蜜に、潮までくわわった卑猥なミックスジュース。非道な健をなじるかのように、飛びちった汁が彼の陰茎をビチャビチャとたたく。

「くぅ、美佳さん……」

「城戸くんのばか……妊娠してしまう……ばか……」

「ど、どうしよう、俺……」

「はうう……見ないで……こんな……こんな私……大嫌い……あああ……」

美佳はまだなお、尻だけを突きあげたエロチックなポーズ。その顔は恥じらい、目には涙さえにじませながら――。

ぶぴっ、ぶぴぴっ。ぶっぷぅ……。

「あン、いやぁ……」

「おおお……」

いけない体液のミックス汁を放出し、品のない音を立てて女陰をひくつかせる。そんな美佳に、愛と罪悪感の両方をおぼえつつ、健は息をととのえた。

「ばか……ばか……はうう……」

「美佳さん……」

美佳は嗚咽しながら、なおもぶぴぶぴと放屁のような音を立てて、体液の残滓を放出した。

それは凄艶な光景だった。

奇妙な美しさもともなっている。

いずれにしても、しでかした不始末はしゃれにならなかった。健は暗澹たる気持ちで、マン屁をもらす清楚な人妻を見つめつづけた。

# 第四章　覚醒した女体

## 1

（城戸くん……）

美佳は自分を持てあました。

寝苦しい夜が毎晩のようにつづいている。

だが今夜は、とりわけ苦悩が深い。

「…………」

隣の夫を見た。

篠崎は美佳に背を向け、高いびきをかいている。

（あなた）

自分に背を向ける夫の姿が、すべてを物語っていた。

そんな気がした。

今夜、恥をしのんで美佳は、自分から夫を求めた。そんなまねをするのは、はじめてのことだった。

しかし夫は、面倒くさそうに美佳をこばんだ。

悲しいけれど、健の言うとおりだと、涙が出そうになるのを美佳はそのとき、ぐっとこらえた。

「…………」

夫の枕もとには、寝落ちするまで使っていたスマホがあった。

パスワードがわからなければロックを解除できないからと、タカをくっているのだろう。

音を立てないよう注意して、そっと夫のスマホをとった。まさか美佳がパスワードを知っているとは、夢にも思わないだろう。

美佳は入力画面で、パスワードの数字を入れた。

パスワードは健から教えられた。

どうして彼がそんなものを知っているのか、それは知らない。だが健はチャットアプリを通じて、数字を教えてくれた。

健はこうも言っていた。

「美佳さん、残念だけど篠崎さんは浮気をしています。秘書課のＯＬです。嘘だと思うなら、ご自分の目でたしかめてください」

（城戸くん）

健のことを思いだせば、いやでもあの禁忌な夜がセットでよみがえる。しかもよみがえるのは、ケダモノじみた自分のハレンチな姿をともなうのだから、心境はかなり複雑だ。

（ううっ）

美佳はかぶりをふる。

整理できない健への想いを、とにもかくにも隅に追いやる。

（あっ……）

ロックが解除された。

スマホの画面が表示され、闇に青白い明かりがともる。

健の情報は正しかった。

「――っ!?」

「んっ……ぐう……んがっ……」

（急いで）

篠崎の高いびきを確認し、チャットアプリを操作した。

健からは、件のＯＬの名はもちろん、篠崎のスマホでの登録名も教えられていた。

（っ……！）

言われたとおりの名前を、チャットアプリの中に見つけた。

心臓が激しく鳴る。

もう一度、夫の広い背中を見た。

いびきの震動が、ベッドを通じて伝わってくる。

「…………」

ドキドキと心臓を打ち鳴らした。

美佳はアプリを操作する。

指がふるえた。胸を締めつけられる。見てはならない、夫と女性のやりとりを、彼女は見た。

## 2

「ごゆっくり。俺は、男湯に行ってきますから」

「でも」

「いいから、遠慮なく。ほんとにいい露天風呂ですよね、じゃあ」

とまどう美佳に軽く手をあげ、健は笑顔とともに客室を出ていく。

浴衣の上から羽織をはおっていた。

ぎくしゃくした笑顔も、意外に似合っている宿の浴衣も、なんだかむしょうに新鮮だ。

（かわいい……）

ついそんなふうに思ってしまい、ハッとした。

罪悪感が、またも湧く。

夫をなじる資格など、とっくに失ってはいた。

だがこんな行動を起こしてしまったことで、いよいよ夫との関係は修復不可能になるだろう。

（なんて女なの）

広い部屋に、ひとりきりになった。

部屋の奥にある脱衣所へと向かう。

美佳が暮らす街からは高速道路を使って二時間ほどの距離にある温泉街の宿。

今彼女は、健とふたり、そこにいた。

温泉街では老舗のひとつに数えられる、予約のとれない人気の宿。だが幸運にも、健は部屋をとることに成功した。

しかも、なかなか泊まれない貸切露天風呂つきのゴージャスな客室だ。指定した夕食の時間まで、まだ二時間もあった。

（いくらあの人の裏切りを確信したからって、私ったら、また城戸くんを頼って……）

脱衣所に入り、髪をアップにまとめた。

浴衣の帯をほどく。ほどいた帯を丁寧に巻いて脱衣かごに入れた。浴衣の前を開き、肩からするりとすべらせる。

脱衣所の壁には大きな鏡がはめられていた。こんなふうに裸身を映すこともそうはないため、なんだか気恥ずかしい。

ブラジャーをとり、パンティを脱いだ。帯と同様、すべてをきれいにたたんで脱衣かごにかさねる。

「…………」

おずおずと、大きな鏡に目をやった。

裸の全身が映されている。

(もっとスマートな身体に生まれたかった)

鏡に映る、むちむちしているにもほどがある裸身を見て、美佳はため息をついた。

色の白さこそ、幼いころから誰にもうらやまれるひそかな自慢だったが、自慢に思えるのは正直そこだけ。

本当はスレンダーな身体がうらやましく、身長だってもっとほしかった。それなのに、鏡に映る三十六歳の裸身は迫力満点にふくらむたわわな乳房と、挑むように張りだした、これまた見事なお尻が代表するように、どこまでももっちりと肉感的である。

「はあ……」

ため息をついて、胸を見た。

男の人はどうして、こんなおっぱいが好きなのだろうと、自虐的な気持ちになる。

美佳はいつでも、どこにいても、知らない男たちの好色な視線を胸に感じた。

そんな半生だった。

気持ちが悪かった。お願いだから見ないでと叫びたくなった。同性の中には、美佳の乳房やヒップが大きいことをうらやましがる人もいたが、隣の芝生は青く見えるというだけのこと。

だが、そんな美佳でも、おっぱいが大きくてよかったと珍しく思ったことがあった。

篠崎が「胸の大きな女の人が好き」と知ったときである。

熱烈に愛しあっていたころの篠崎は、いつも夢中になって美佳の乳房を揉みしだき、ときの経つのも忘れてむしゃぶりついた。チュウチュウと音を立てて乳を吸った。

「うまいなあ、うまいなあ」と感激した言葉を口にし、本当に母乳でも味わっているような吸いっぷりで、乳房と乳首を心ゆくまで堪能した。

それなのに——。

(全部、過去になる)

白い手ぬぐいで前を隠し、扉を開けて外に出る。

戸外はまだ明るかった。いくらか茜色めいてきてはいるが、太陽はまだ西の空の端にある。

岩風呂だった。

大小とりどりの岩が、まるい湯船をぐるりと囲み、岩の向こうには小さな日本庭園ふうのスペースもある。

湯船はけっこうな広さ。おとなが三人ぐらいいっしょに入っても、余裕で入れそうな大きさだ。

イオウの臭いが鼻をついた。白い湯けむりが、もうもうと湧いてただよっている。

旅行情緒満点の眺めと、言えば言えた。たしかに美佳は、遠くまで来た。

洗い場でお湯を使い、身を清める。

熱めの温度が身体にも心にも染みた。

湯船に移動する。

こちらはちょっとぬるめのようだ。だが、そのほうが湯あたりしにくくて、美佳は好きだった。

ゆっくりと湯船に身体を入れる。肩までつかる。

「ああっ……」

気持ちがよかった。やはり温泉はありがたい。そんな歳になったのだなとも、しみじみと思った。

(城戸くん)

天をあおいでため息をつくと、健の面影が脳裏によみがえる。

つい先ほど、かわいく手をふり、客室を出ていった年下の若者。その笑顔に胸が締めつけられる。

城戸くんの言ったとおりだったわと、夫のスマホをたしかめた美佳は、健に電話をした。

媚びたつもりはまったくない。

だが、話をしながら、美佳はつい慟哭した。そんな美佳に、健は長いことなにも言わなかった。

ただ「もしもそばにいたら、抱きしめてあげたいです」とだけ言った。そして美佳がなんとか自分をとり戻すと、よかったら温泉にでも行かないかと誘ってきたのである。

もうとっくに、子供などではない。

おとなの男女が旅行をするということが、なにを意味しているかは誰に言われるまでもなくわかっている。

しかも美佳と健は、すでにないしょの関係なのだ。

健は美佳を抱いたどころか、すでに彼女の膣奥に征服の刻印までしっかりとそそぎ入れている。

旅行に同意することの意味を理解したうえで、美佳はここまで来た。

膣内に出されたことを怒ってみせたくせに、どこかで自分なんかに夢中になってくれる健にいじらしいものをおぼえはじめていた。

(城戸くん、城戸くん)

天を見あげ、茜色を濃くしはじめた空を見ながら、美佳は健を呼んだ。

健はやさしかった。

終始一貫して、美佳の味方になってくれている。しかも、どうしたらそんなことができるのかは皆目わからないものの、篠崎が隠しておきたいはずのデリケートな情報を、あれもこれもともたらしてくれた。

(最後に決めるのは、私だって言った……)

健から言われたことを思いだし、美佳は唇をかみしめる。

(そう。最後に決めるのは私……でも、僕の気持ちはもうわかってますよねって……)

「はあ……」

今度はうなだれて、ため息をこぼす。

夫のことを思いだすとつらかった。もうどうにでもなれという捨てばち気味な気持ちにもなる。

複雑だった。

整理するには、もう少し時間が必要だ。しかも、美佳は大いなるなにかにすがりつきたくなっている。

(忘れさせてほしい、なにもかも)

心からそう思った。

逃げだとわかってはいる。だが、美佳はせつなく、心から欲した。忘れさせてほしいと。

年下の男性らしい、荒々しい求めかたでセックスをしかけてきたあの夜の健を思いだすと、不覚にも股のつけ根がキュンとする。

「アン……」

お湯の中で、美佳は身じろぎをして座りなおした。

そして、もう一度思う。

(忘れさせて、なにもかも。ねえ、城戸くん)

本人には、決して言えない恥ずかしい本音。

そっと心で口にした。

自分はだめな女である。言われなくてもわかっている。

両手をひろげて待っていてくれる健に心がうずいた。自分のような女が彼にふさわしいとはもちろん思っていない。だがだからこそ、こんな女でもいいとおしいと言ってくれる健がいじらしかった。

（あなた）

心の中で、篠崎に言う。

（今夜私、ほんとに城戸くんのものになってしまいます。いいんですよね、それで。明日の朝になったら、もう私はあなたより、本気で城戸くんのことが好きになっている。そんな気がします）

鼻の奥がつんとした。

篠崎のことを思いだそうとする。

だが、うまくいかなかった。

かわりに脳裏いっぱいに浮かんだのは、愛らしい健の笑顔。美佳は甘酸っぱく胸をうずかせた。

これから健に抱かれると思うと、いつになく心がざわめいて、股のつけ根がねばるように重くなる。

だが、不安もあった。

(この間の夜……私、あんなに感じてしまって。体質が変わってしまったのかしら)

そう。

あの夜の自分を思いだすと、美佳はたちまち落ちつかない気持ちになった。

(すごく感じてしまう……前はあんなじゃなかったのに。年齢をかさねるって、こういうことなの？　それとも……わ、私……ひとりで、そういうことをしないから……？)

心で思っているだけなのに、顔が熱くなった。

美佳はオナニーをしない。

あまりのせつなさに、こっそりと指遊びをしてしまいたい夜もないではないが、恥ずかしいことはしたくない。

それは、両親そろって教師という、厳格な家にそだったからかもしれない。

もっと言うなら母親だ。

小さなころから兄とふたり、人として恥ずかしくない生きかたをと、教育熱心な母親にスパルタ気味に指導を受けた名残の可能性はまちがいなくある。

（でも、つらい……）

美佳はそう言って、自分の肉体を呪った。

以前はそうでもなかったのに、禁欲をしいた日々のせいもあるのか、以前より性欲が強くなってしまった気がしている。

かつては、自慰などしなくてもさほどつらくなかったのに、最近の美佳は不穏にうずく女体を持てあましぎみだった。

オナニーがしたい。

したくてしたくて、たまらない。

ぬかるむ股のつけ根に指を這わせ、なにもかも忘れてかきむしりたいと何度欲し、もう少しでしてしまいそうに何度なったかしれなかった。

ふたりして激しく燃えた健との一夜を思いだすと、嵐のような激情はさらに強いものになった。

だが、すんでのところで美佳は耐えた。耐えつづけた。心には、教育ママで厳しかった母親の鬼のような顔があった。

(思いだしてはだめ)

そう思ったが、もう遅い。

いつも心の奥底に封印し、なにがあってもよみがえらせようとしなかった記憶が、長年の封印をとかれて心のおもてにあらわれる。

あれは小学生のときだった。

子供からおとなへと、急激に身体が変化する第二次性徴期。

美佳はうずく身体を持てあました。

こっそりと、はじめて自慰なるものをしそうになった。小学校の女友達にこっそりと聞いて知った、誰にも言えない淫靡な指遊び。

母親に見つかった。

頬を張られた。壁まで吹っとんだ。

聞くに堪えない罵詈雑言を浴びせかけられ、美佳はこの世の生き地獄を味わい、そして自分というふしだらな生き物を心から嫌悪した。

(お母さん……)

幸か不幸か母親は早世し、すでにこの世にない。

もしも生きていたならば、篠崎と離婚したいなどと言ったら、なにを言われるかわからなかった。

離婚など、末代までの家の恥だと。

(城戸くんも……結局私の身体がめあてだったりして)

ぼんやりと思うことは万華鏡のように変わる。男性不信になっていた美佳は、ついそんなことも心で言葉にした。

健の話では結局のところ、篠崎の浮気は女性の身体めあての短絡的なもののようだ。

しかし男という生き物には、多かれ少なかれそんな側面があるのではあるまいか。

女子高生時代に交際していた大学生の恋人も「女のきみには、男の性欲のつらさはわからないよ」と、セックスがいやならせめて手や口でしてくれと、何度も美佳にねだってきた。

だが当時の美佳にとって、愛とはそんなはしたないふるまいを相手に求めるものでも、自らしてやることでもなかった。

断りつづけたすえ、ついにあるとき、犯されそうになった。すんでのところで助かったが、それが原因となり、結局美佳は恋人と別れた。

だから心のどこかで、美佳は男を怖がっている。そして自分という女にも、どこか穢れめいたものがセットになっていた。

生きていくということは、なかなかに厄介である。

(たすけて、城戸くん)

美佳は心で健を呼んだ。

身体をめあてにされていたとしても、今はただ、健にすがりたい。きつく、熱く抱きしめられ、悲しいこと、つらいこと、なにもかも白濁させて――。

(いや、私ったら)

つい妄想がたくましくなり、美佳は恥じらう。

もちろんこんなこと、健本人には恥ずかしくて言えない。だが、人妻はもう一度思った。

（城戸くん、なにもかも忘れさせて。もう一度、あの夜みたいに私を抱いて。ああ、私ったら……）

とっくに夫のことなど裏切ってしまっていたが、ますます顔が熱くなる。それは、決して湯あたりなどのせいではなかった。

（身体、洗おうかしら）

千々に乱れる心をなんとかなだめた。美佳は湯船から立ちあがり、洗い場のほうにふり向く。

「――ひいいっ!?」

ギョッとした。

フリーズし、目を見開いてそちらを見る。いつしか茜色の空は紫の深みを増し、闇が濃くなりはじめていた。

そんな中に、彼はいた。

健である。脱衣所へとつづく出入口から出てきたところなのか。紫色の夕闇の中に仁王立ちをしている。

細身なのに、どこかたくましさを感じさせる裸身。

意外に筋肉質にも見える。

「城戸くん」

湯船のなか、美佳は手ぬぐいでとっさに前を隠した。

薄闇に仁王立ちする健は、今まで見たこともないほど興奮しているように見える。

「美佳さん……はぁはぁ……」

(城戸くん、あああ……)

美佳はすでに気づいていた。

ひと目彼を見たときに、じつはとっくに目にしている。

健のペニスは隆々と、天を向いて反りかえっていた。

3

「城戸くん」

「美佳さん……はぁはぁ……」

美佳の視線が自分の股間をとらえたことに健は気づいていた。いやしい欲望を満タンに張りつめ、荒ぶる勃起は亀の拳を突きあげている。

もっと見て、美佳さん、と健は思った。

尻の穴をすぼめたり弛緩させたりし、ビクン、ビクンとししおどしのように、たくましい男根をしならせる。

「はうう……城戸くん、いや……」

上下に揺れる巨根を目にして、美佳はうろたえ、恥じらった。薄闇の中でもまたいちだんと、頬の赤みが増した気がする。

はじかれたようにこちらに背を向けた。

ふたたび湯船に身を沈める。

お湯の飛沫が派手に散った。

こちらに向けられた白いうなじが、妙に色っぽい。

(忘れさせてあげますよ、なにもかも)

心の中でつぶやいた。

意外な情報も多々あったが、美佳の心のつぶやきは、すべて盗み聞きさせてもらった。

これからはじまる熱い時間を思うと、それだけで身体がほてり、またしても股間の棹が上下にしなる。

(ゾクゾクする)

洗い場で蛇口をひねり、桶にためた湯で身を清めた。壁から張りだした場所に桶を置く。コーンと心地よい音が立つ。

岩風呂に近づいた。

美佳はこちらに背を向け、いたたまれなさそうにうなだれる。

そんなことをしたら、ますますこちらは色っぽいうなじに理性が散りぢりになるというのに。

「美佳さん……」

少しぬるめに感じられる湯に、ゆっくりと身をひたした。かたわらの熟女は困惑した様子であらぬかたを見て、朱唇をふるわせる。

「男湯に……行ったんじゃ……」

「そう思ったんですけど、戻ってきちゃいました」

本当は最初から戻る気だったのだが、そう言ってごまかした。まさかこっそりと、美佳の心の本音を近くで盗み聞きするつもりだったのだなどと言えるはずがない。

「どうして」

「決まってるじゃないですか」

とまどう全裸の人妻に、こともなげに健は答えた。脇から近づき、湯のせいで熱さを増した裸身を熱烈に抱きよせる。

「あああ……」

「美佳さんと混浴したかったからです」

「城戸くん」

「でもって……こんなこともしたかった。んっ……」

「きゃ。んむぅぅ……」

ちゅっちゅ。ちゅぱ。

健は強引に熟女の唇をうばった。

無理やりふり向かされ、朱唇を強奪された美佳はくぐもったうめき声をあげ、熱い鼻息をこぼす。

「美佳さん、んっんっ……」

「んああ、城戸くん、だめ、恥ずかしい、ンッンッ……」

ピチャピチャ、れろん、ちゅぱ。

健は右へ左へと顔をふり、熱烈な挙措で肉厚の唇を求めた。

唇はとろけるようにやわらかだ。得も言われぬ弾力と柔和さ、甘い吐息に健は恍惚となる。

「いや、むんぅ……」

美佳の身体には依然として緊張によるりきみがあった。

だがキスの時間が長さを増せば増しただけ、少しずつ裸身から揮発するように力が抜けていく。

「舌出して、美佳さん」

「い、いや、恥ずかしい」

「いいから。ほら……」

「んっあああ……」

ピチャピチャ。ねろねろ、ねろん。

(気持ちいい)

恥じらう美佳に強要し、ローズピンクの舌を突きださせた。年下の若者とのベロチューにふける。

美佳は困惑しながらもおずおずと舌を差しだし、年下の若者とのベロチューにふける。

舌どうしを擦りつけあうたび、股間に甘酸っぱい火花が散った。しなったペニスが周囲の水を、あちらへこちらへとかきまわす。

——か、感じてしまう。あああ……。

意識を向けると、美佳の心の声が艶めかしくとどいた。美佳は瞼を閉じ、長い舌を健にささげる。

清楚な美貌が不細工にくずれてしまうのもいとわず、健に求められるがまま舌を突きだしている。

左右の頬がえぐれるようにくぼみ、濃い影ができていた。鼻の下が不様に伸び、持って生まれた美しさが台なしになっている。

だが、そこがよかった。

健は鼻息を荒らげる。

この人のこんな姿を見ることができるのは、特別なチケットを与えられた男だけなのである。

しかも——。

ピチャピチャピチャ、ねろん、れろれろ。

「美佳さん、んっんんっ……」

「ハアァン、城戸くん、あん、だめぇぇ……」

——い、いやらしいキス。夫とだってこんなキス……ああ、でも……感じてる。私、今日も感じてしまってる。今までの私と全然違う……!

(美佳さん)

どうやら今日も、肉体の感度は鋭敏なようだ。

今夜、健はたしかめようとしていた。

自分が愛したこの人が、こんな楚々とした顔をしていながら、じつは痴女なのかどうかを。

そしてもしもそうだとしたら、おそらく夫の篠崎はもちろん、美佳本人ですら気づかなかった事実。

　長いセックスレス生活による欲求不満と肉体の成熟、かてて加えて自慰さえ回避した禁欲のはてに、ひょっとして美佳は、潜在的に持っていた痴女的資質を開花させかけているのではないか。

　そう思うと、健はますます欲情した。こんなに昂りをおぼえるセックスも、今夜がはじめてかもしれない。

「美佳さん、んっ……」

　ちゅっ。

「きゃあああ」

　名残惜しさをおぼえつつ、ベロチューから移行した。

　不意打ちのようにうなじに接吻をすれば、美佳は悲鳴としか言えない声をあげ、あわてて口をおおう。

「感じますか、美佳さん。んっんっ……」

　ちゅっちゅ。ちゅう。

「ああア、んっぷぷぷぅ、ち、違う。感じてるわけじゃや。いきなりだからびっくりあああ。んっぷぷぷうっ」

「すごい感じてるじゃないですか。んっんっんっ……」

ピチャピチャ、れろれろ、ちゅぱ。

「うあああ。違うわ、違う。ああ、ちょ、ちょっと待って。あっあっ、んっぷぷうっ」

うなじに舌を這わせただけで、美佳は艶めかしく狂乱した。あられもない嬌声をあげてしまい、あわてて口をおおい、なまなましくうめく。

まちがいない。

美佳が不安に思ったとおりのようだ。

三十六歳の身体はいくつかの原因がかさなって、本来秘めていたらしき痴女的資質を開花させつつある。

ひょっとしたら、厳しかった母親の呪縛から、ようやく解放されようとしているのか。

夫との不和や健との急接近が知らないうちに、美佳の心に重しのように乗っていた亡母への複雑な思いを一掃しようとする契機になったか。

「おお、美佳さん、んっ……」

　ふにゅう。

「ハアアン、ああ、いやあ。アッアッハアアァン」

　もにゅもにゅ。もにゅもにゅもにゅ。

　たわわな胸乳をわしづかみにしてねちっこく揉みながら、なおもうなじを舌で舐める。

　ぞくりと白い首すじに大粒の鳥肌が立った。乳首を擦ろうとすれば、乳芽はすでにビンビンだ。

「美佳さん……」

　スリッ。

「あああ。いや、私ったら……ち、違うの。いつもはこんなじゃ……」

「気にしないで。恥ずかしがらないで。いいんです、好きなだけ感じて。なにもかも忘れさせてあげるから」

「えっ、ええっ？」

（いけない）

先刻聞いた心の声に答えるようなことを言ってしまい、健はあわてた。

「気持ち、わかります。けっこう複雑だろうと思って。だから、こんなときこそ、いろいろなことを忘れて現実逃避が必要かなって。ああ、美佳さん」

スリッ、スリッ。

「きゃあああ」

美佳は驚いたように目を見開いて健を見ていた。

いくら能力をさずかったからといって、人の心を勝手にのぞいてよいはずがない。そんなことは自明の理だ。

だから、さすがにばつが悪かった。

ごまかすように乳房にむしゃぶりつけば、美佳はまたしてもとり乱した声をあげる。

「アハァン、城戸くん……」

「ああ、エロいです、美佳さん。ち、乳首こんなに勃起して。んっんっ……れろれろ、れろん。

「あああ。ぼ、勃起なんて言わないで。恥ずかしい。あああぁ」

「だ、だって勃起してます。こんなに勃起してる」

ピチャピチャ。れろれろ、れろん。

「いやあ、勃起って言わないで。あっあっ。あっあっあっ」

「ぼ、勃起」

「いやあああ」

――か、感じちゃう。エッチなこと言われて感じちゃう！　勃起……勃起、勃起しちゃってる！

（美佳さん）

心の声でも、美佳は恥じらい、とり乱していた。

――やっぱりおかしい。私の身体、前と違う。どうしよう。おかしくなっちゃう。恥ずかしい、城戸くんに笑われてしまう！

（笑いなんかするもんか）

甘酸っぱく胸を締めつけられ、健は心で反駁した。

いとおしかった。

ただただ、いとおしい。

最愛の女性が痴女かもしれない、信じられない現実に、健は天にも昇りそう。美佳がこの手に飛びこんできてくれたばかりでなく、こともあろうに、めったにお目にかかれない女性でもあったなんて。

(最高だ)

「み、美佳さん、たまらないです」

「ああン」

早くも美佳はぐったりと力が抜け、腑抜けのようになりはじめていた。

健はそんな人妻の腋窩に両手を入れ、強引に湯船に立たせる。

エスコートをして場所を変えた。いちばん大きな岩へと両手を突かせ、うしろに尻を突きだせる。

「あはあぁ……」

こちらに向かって大迫力のヒップがせまった。湯のせいで薄桃色に染まったヒップは、巨人の国の白桃のようだ。

尻の谷間の肛肉はもちろん、その下には、ずぶ濡れの剛毛とともに牝肉もさらけ出されている。

女陰のビラビラはすでにくぱっと左右に分かれていた。

ピンクの粘膜が剝きだしになっている。

粘膜湿地もほかの部分と同様ねっとり濡れていた。

だが、そこのぬめりだけはほかの場所とは違った液体によるものではないかと思えるのは、ゲスの勘ぐりだろうか。

「き、城戸くん」

「美佳さん、愛しています。恥ずかしがらないで。自分を解放して。んっ」

れろん。れろれろ。

「きゃあああああ」

健は美佳の背後に膝立ちになった。

両手でワッシと尻肉をつかみ、有無を言わせず淫肉にふるいつく。

「あああ、城戸くん、いや。いやいや。うあああああ」

(美佳さん)

美佳の喉から本日いちばんのけたたましい嬌声がほとばしった。健はますます昂って、さらに大胆にクンニをした。

「あああ。あああああ」

4

(ああ、私ったら、なんて声)

美佳は自分で自分に恥じらった。だが現にそうでありながら、もはや自分をいつわれない。

いつでも淑(しと)やかに、女らしくいることを小さなころからしつけられた。人のことを悪く言うのもご法度なら、心で思うことすら罪だと教えられ、大きくなった。

思い出の中に残る若き日の母は、児童たちの前では聖母のようだった。

だが、美佳と三つ違いの兄は知っていた。

聖母の仮面をはずしたら、そこには般若(はんにゃ)のようなとしか言いようのない、恐ろしい素顔があることを。

そんな母親の教育のおかげで、たしかに今の自分はある。

だから、感謝もしていた。

もちろん、愛してもいる。

しかし、母のおかげで男と女のこういう行為にだけは、身も心も解放しきれない自分が、この歳になるまでずっといた。

それなのに――。

「おお、美佳さん、愛してる。ああ、美佳さんのマ×コ、こんなにぬっちょぬちょ」

ピチャピチャ、れろれろ、れろ。

「うあああ。ああ、城戸くん、そんなこと言わないで。い、いやらしい言葉はいや……そんなエッチなこと」

「マ×コ。美佳さんのエロマ×コ。んっんっ……」

ちゅう、ちゅぱ。ピチャピチャ。

「あああ。あああああ。は、恥ずかしい。変な声が、私――」

「そんなこと、全然いいから。お願い。俺の気持ち、受けとめて、美佳さん」

「あっあっ。はあぁ……」

ザラザラした舌を、もっとも感じる部分に、ねっとり、べっとりとしつこく擦りつけられる。

そのたび熱湯がしぶくような、灼熱の快美感が胎肉からひらめいた。

(き、気持ちいい。信じられない。前はこんなことなかったのに。おかしくなってしまう)

「美佳さん、もっと舐めてほしい?」

「――えっ」

――いや、そんなこと聞かないで。

ストレートに聞かれ、美佳は煩悶した。

遠くに細身の女性が立っている。

度の強い眼鏡をかけ、眼鏡の奥からこちらをにらむ彼女は「なんていやらしい娘なの」と吐き捨てるように言う。

幼い美佳は「ごめんなさい、ごめんなさい」と泣きながらあやまる。

穢らわしい自分に嫌悪感を抱いた。

自分はだめな人間だと、ずっとずっと思ってきた。

やはり自分は、母親が言ったとおりだったか。いい加減、もう十分おとなな
のに――。

（な、舐めてほしい……！　城戸くん、舐めてほしいよう）

はっきりと、そう思った。

泣きたくなるほど、いやらしいことに溺れたい。

それにしても、今日の健はいつもの彼と全然違う。なぜだか自信たっぷりに、
しかもかわいく美佳を求めてくる。

全部お見通しだよ――なぜだかそう言われているような気がしてしまう。

「ねえ、美佳さん、言って。舐めてほしい？」

「そ、そんなこと聞かないで。お願い、許して」

舐めてほしいと正直に言えたらどれだけラクか。

だが、夕焼けの空を背に不機嫌そうにこちらを見る母親の目は、般若のよう
につりあがっている。

「だめ、言ってください。言わないと、もう終わりにしますよ」

「えっ……」

美佳は思わず息を呑んだ。

──い、いや。こんなところでやめないで。私、もうおかしくなってきちゃってる……。

「城戸くん、城戸くぅん」

(ああ、私ったら)

男性に対してこんなふるまいに及ぶのは、はじめてだった。

欲求不満な気持ちを訴えるかのように、あろうことかプリプリと尻までふってしまう。

女教師の母親が、眼鏡の奥で目を見開いた。

顔を真っ赤にする。

母に張られた頬の焼けるような熱さを、つい昨日のことのように美佳は思いだす。

「城戸くぅん、ねえ、ねえったらあ」

「舐めてほしいですか」

「うああ。あああああ」

「舐めてほしいですか」

「な、舐めてほしい。舐めてほしい。こんなこと、言わせないで。舐めてほしいってばああ」

「おお、美佳さん」

ぶちゅちゅちゅっ！

「ああああああ」

はしたない願いを口にするや、健はそれまで以上の責めに出た。

ムチムチした二本の腿に手を巻きつけ、美佳の恥ずかしい部分と顔を、これ以上ないほど密着させる。

（いやあ、お尻に城戸くんの顔が思いきり……きゃっ）

ぶちゅっ！　ねろねろ！　ピチャッ、ネチョ、グチュ！

「うあああああ」

健は怒濤の勢いで、クリトリスに、ワレメに、膣穴のとば口に、これでもかとばかりに舌の雨を降らせて襲いかかった。

「あああ。ああああああ」

「はぁはぁ……美佳さん、美佳さん」

れろれろれろ。ピチャ！　ねろん、ちゅぶ！　れろれろれろっ！

「あああ、そんなことしちゃだめ。城戸くん、城戸くん、あああああ」

(き、気持ちいい。ああ、気持ちいいの。とろけちゃう。もっと……城戸くん、もっとして。もっとしてえええ)

「おお、美佳さん……」

ぴしゃり。

「ぎゃあああ」

「えっ……」

(ああ、私ったら)

それは、いきなりの出来事だった。

ごくごくひかえめに、健は片手で美佳の尻をたたく。

痛くするとか、そういうレベルでは全然ない。それなのに、美佳の喉からは常軌をいっしたような嬌声がはぜた。

(い、いや……なにこれ、私……すごく感じてる！)

「はうう……はうう……」

お願い、止まってと、自分に哀訴した。

だが、どうにもならない。

こみあげる劣情は、もはや悪魔のよう。耐えようとすればするほど、ガクガクと両脚が不様にふるえる。

「美佳さん……」

「ち、違う……これは……これは……あうう……」

(止まって。痙攣しないで。ああ、私ったら……)

「これがいいの？　んん？」

ぴしゃり！

「ぎゃあああああ」

きゃあ、ではなく、ぎゃあ、である。

今まで男性の前で、こんな下品な声は一度だってあげたことがない。

にもかかわらず、一度目よりさらに強めに尻を張られると、歓喜と驚愕に興奮の混じった、ケダモノそのものの吠え声をほとばしらせてしまう。

「ああン、城戸くん……」

「はぁはぁ……いやらしい人だ。美佳さんがこんなエッチな人だったなんて」

「そ、そんなこと言わないで。私、そんな――」

ぴっしゃああ！

「ぎゃあああああ」

三度目の平手打ちは、今まででいちばんの強さ。ヒリヒリと、たたかれた臀肉に灼熱感としびれがひろがる。

亡き母に張られた頬の熱さと痛みがシンクロした。

今まで感じたこともない、胸の張り裂けるような思いが、奇妙な官能とともに心と身体をむしばむ。

(お母さん)

「感じるんだね、美佳さん。美佳さんみたいなきれいな人が、こんなふうにお尻たたかれて――」

パッシイイィン！

「ンッヒイイィ。ああ、城戸くん」

「でもって、こんなふうにマ×コ舐められて。むんぅ……」

ピチャピチャ、れろれろれろ！

「ああああ。あああああ」

（お母さん、お母さん、ごめんなさい）

「さらに尻たたき」

ピッシャアアアッ！

「ぎゃあああ。ああ、もっと。城戸くん、もっとおお！」

「……えっ？」

（ああ、言ってしまった！）

しまったと思うものの、一度口にしてしまった言葉は戻せない。

しかも、思いを露にしてしまったことで、せきを切るかのようにして、我慢をしつづけたせつない官能が肌のおもてに露になる。

（な、なにこれ。なにこれえええ。あああああ）

「こうだね、美佳さん。はぁはぁ……マ×コ舐められながら、お尻たたかれるといいんだね。そらそらそら」

ピチャピチャ、れろれろ……パッシイイン！

「ぎゃあああ。ああ、感じちゃう。城戸くん、感じちゃうンン！」

自分でもあきれてしまうほど媚びた声だ。鼻にかかった甘い声。またしても美佳は尻をふる。

（最低の女。最低の女。でも、とろけちゃう！）

「エロい人だなあ。でも最高だよ、美佳さん。そらそらそら」

気がつけば、いつしか健はため口になっていた。

だがこんな関係になった以上、言葉づかいが変わるのは当然のこと。心の距離が近づいたみたいで、心がほっこりする。

だがほっこりするだけではすまず、美佳は獣の声をあげる。

ちゅうちゅぱ、ピチャピチャ。

「うっあああ。ああ、いやらしい。私ったらいやらしい。でも、感じちゃう。うあああああ」

バッシイイン！

「ぎゃあああ。もっとぶって。城戸くん、もっと、もっともっと」

「くっ……ああ、美佳さん」

ビッシイイィン！

「うあああ。ごめんなさい。ごめんなさい。あああ。あああああ、もっと、もっともっとおおお」

（お母さん、ごめんなさい。悪い子でごめんね。いい子になりたかった。お母さんに笑ってほしかった。あああああ）

尻をたたかれればたたかれるほど、なぜだか若き日の母の面影が鮮明になる。しかも気がつけば、美佳はアクメに昇りつめようとしていた。

（イ、イッちゃう。私ったら。お尻たたかれてイッちゃうンンン！）

「おお、美佳さん、くうぅ、そらっ！」

自分の気配から察したのかと、美佳は思った。

健は美佳をアクメに追いつめようとするかのごとく、さらに激しく、息さえつかずに責めたてる。

ピチャピチャ、ねろん！　れろれろれろっ！

「うあああ、ああ、城戸くん、私……わたしいいぃ！」

（イクッ！　イクイクイクッ！　あああああっ！）

「おおっ、美佳さん！」

パアアァン！　バッシイイイイィン！

「おおおおっ！　おっおおおおおっ!!」

……ビクン、ビクン。

（あああ……）

自分で自分が信じられなかった。

尻をたたかれてイクなんて。

だがまさにこれは、天空高く吸いこまれていく気分。なかば意識を白濁させ、美佳は生まれてはじめて感じるような多幸感に打ちふるえる。

（穢らわしい女）

ビクビクと裸身をふるわせるたび、強い電気に身体がしびれた。

踏んばった脚がふるえている。気づけば開いた唇からは、あごへとよだれが垂れている。

（最低）

知らなかった。自分はこれほどまでにいやらしい女だったのだ。

いや、違う。

知っていた。

知っていながら彼女はずっと、こんな自分から逃げていた。

「はうう……」

「おっと。大丈夫？」

カクンと膝が抜け、腰くだけになりかけた。そんな美佳の裸身を、あわてて健が抱きとめる。

「ハアアァン」

健にそんなつもりはなかったろう。だが、美佳の裸身にまわした腕がおっぱいをつぶし、乳首を刺激した。

ただそれだけのことなのに、またしても強い電気がビリビリと乳から駆けぬける。

「はぁはぁ……あ、あとは……部屋でしたい。いい、美佳さん？」

なおも痙攣する美佳をやさしく抱きすくめ、健はささやいた。

もうどうにでもしてと、美佳は放心状態で思う。

「城戸くん、お願いがあるの」

ふるえる声で哀願した。きょとんとした顔つきで健が見る。そんな年下の若者に、人妻は言った。

「わ、私をいじめて」

「美佳さん……」

「うんと……うんと恥ずかしい思いをさせて。乱暴にしていいから。私を好きにして。奴隷みたいに……みじめな奴隷みたいに！」

(ああ、言ってしまった)

あまりの恥ずかしさに、さらに顔が熱さを増した。こんなことを言われたらさぞ驚くだろうと案じて健を見る。

(ああ……)

しかし、健は驚きも軽蔑もしなかった。

そんなこと、言われなくてもわかっている――そんなふうにも見えるやさしい笑顔で、なにも言わず、大きくこくりとうなずいた。

（あ、お母さん……）

美佳は気づいた。

母親は、いつしかどこかに消えていた。

5

「あああ。ああああああっ！」

……ビクン、ビクン。

「おお、美佳……」

「ご、ごめんなさい。ごめんなさい。許して……ああ……」

食事処での夕食の時間まで、まだ間があった。

美佳をこのままたっぷりと抱けると思うと、うれしさのせいでゾクゾクと鳥肌が立つ。

「ああン、健さん……はぁはぁはぁ……」

部屋へと場所を変えていた。

十二畳の客室に自分たちで床を延べ、風呂あがりの裸身をよくぬぐいもしないまま、ふたりして布団にもつれあった。

場所こそ変わりはしたものの、ふたりの熱っぽさは風呂場のまま。

健の怒濤のクンニによって、早くも美佳は客室に来てからも、すでに三度目の絶頂を迎えている。

しかも——。

ビュピュッ！　ピュピュピューーッ！

「ああン、いやあ……」

「ぷはっ!?　おお、また、こんなに潮を噴いて。いやらしい女だな、美佳。ここか。ここがそんなにいいのか」

「うあああああ」

潮を噴く女陰——その上に鎮座するクリトリスを、健は猛然と擦過した。

その裸身と顔は、美佳の潮のせいでずぶ濡れだ。そのうえあろうことか、ほてった身体はもうもうと湯気をあげている。

ニチャニチャニチャ！　スリスリ、スリッ！

「あああ。気持ちいい、健さん、気持ちいいの。あああ」

布団に仰臥した人妻は、妊産婦のように脚を開き、もっとも恥ずかしい局所を健の自由にさせた。

健はぷっくりと膨らむ牝豆を擦りたて、いとしい人にさらに獣の声をあげさせる。

「あああ、気持ちいい、もうだめ。出る出る出る！　ああ、あああああ」

ピュピュピュピュ！　ブシュブシュブシュ！

「おおお、またこんなに潮を噴いて。もう布団がビショビショだよ、美佳。宿の人にばれたらどうするんだ。そらそらそら」

スリスリスリッ！　スリスリッ！

「あああ、ごめんなさい、ごめんなさい。でも、気持ちいいの。我慢できない。あああああ」

「こ、こ、この……この牝豆が！」

スリスリスリッ！

「あああ、ごめんなさい。牝豚でごめんなさい。ああ、出る出る出るンン！」

ブシュブシュシュ！

サディスティックにクリ豆を責めたてれば、熟女は屈服の印のように大量の潮を恥ずかしげもなく噴く。

（美佳さん）

奴隷のように手荒に扱い、いじめたり、辱めたりしてほしいと、貞淑で奥ゆかしいこの人はねだった。

いとしい女性にそんなふるまいに及ぶことは、決して本望ではない。

だが、そうしてほしいと望むのならと、健はこの場に君臨する暴君になることを決めた。

美佳のことは呼びすてに、自分のことは健さんと呼ばせた。

「あああ。うあああああ」

ブシュブシュ、ブシュシュ！

「おおお……」

世にも美しい奴隷のクリ豆をしつこく擦れば、もはやワレメから噴きだす潮は、はっきり言って小便レベル。

こらえにこらえた小水を放出するような勢いで、信じられないほど大量の、卑猥な液体を噴出させる。

そして──。

「あああ。あああああっ！」

……ビクン、ビクン、ビクン。

またイッた。見ればいよいよ、半分白目を剝いている。

「美佳さん」

「み、見ないで……恥ずかしい……どうしよう……あう、あう……おお……」

美佳は陸揚げされた魚のように、恥も外聞もなく裸身を痙攣させる。

強制的とも言えるような絶頂の連続で、風呂あがりの裸身には、じっとりと汗の微粒がにじみだす。

美佳もまた、尻をたたかれて我を忘れるいやらしい牝獣だった。

健の脳裏に春菜の面影が去来する。

人はみな、誰にも言えない秘密の自分を持っている。

過去のトラウマ。劣等感──ないしょの性癖の根源は、自分の過去にあることが多いのだなと、健は思った。

女の尻をたたく快感と、女の心の底をのぞく倒錯的な楽しみに、本格的にめざめてしまった自分にとまどいながら。

「美佳、これが欲しいか。んん？」

「うああああ」

健は暴君と奴隷というシチュエーションプレイに昂りつつ、美佳に股を開かせた。態勢をととのえ、にょきりと反りかえる勃起を手にとり、亀頭でグチョグチョとワレメと豆を擦る。

「あああ、ああああああ」

ブシュブシュ！　ブシュシュ！

(ああ、すごい)

まだ合体まえだというのに、美佳の潮噴きは尋常ではなかった。

擦るたび「いいの、いいの。それいいの」と思いを伝えるかのように、水鉄砲の勢いで、きらめく潮をしぶかせる。

——ああ、気持ちいい。こんなのはじめて。こんなのはじめてえええ。

（最高だ）

健はこの世のすべてを手に入れたような全能感をおぼえた。

自分の妻がただ美しかったり淑やかだったりするだけでなく、じつはここまでの痴女であったことを、たぶん篠崎は知らない。

いちばん近くにこんな最高の熟女がありながら、篠崎はそれに気づくこともなく、人生最高の失敗をおかした。

もうこの人は自分のもの。篠崎との絶縁とひきかえに、健はこのうえもない宝物を手にできたのである。

「はぁはぁ……挿れるよ、美佳。挿れるからね」

グチョグチョグチョ！　ヌチョヌチョヌチョ！

「うああ、挿れて。挿れてください。全部挿れて。全部挿れてぇえ」

（ああ、いやらしい）

「おお、美佳っ！」

ズブズブズブッ！

「おおおおおっ！」

ビクン、ビクン……。

(やっぱりイッた)

予想も期待もしていたが、案の定であった。

ねばる餅さながらのポルチオ性感帯に亀頭をえぐりこめば、美佳はズシリとひびく低音の嬌声をあげ、感電さながらの痙攣姿を見せる。

ガニ股に脚を開かせていた。

いつもの彼女なら、恥じらって閉じようとするはずだが、今の美佳には、もはやそんな心の余裕はない。

もっとひろげなさいとばかりに内股を左右に割れば、仰向けにつぶれたカエルのようにぐったりと脚を開いた。

(ああ、いやらしい)

美佳のような女性がこんな卑猥な姿になると、やはりとてつもない破壊力である。たまらずペニスがビクンとうずき、カウパーをドロドロと子宮口にねばりつかせた。

## 6

「ああ、美佳っ！」

いよいよ健は腰をしゃくりはじめた。

美佳におおいかぶらず、正座のような体勢でカクカクと尻をふる。

グチュグチュ！　ネヂュネヂュネヂュ！

「あああ、気持ちいい。健さん、気持ちいいです。あああああ！」

やはり美佳は、もはやいつもの彼女ではない。

人の妻でありながら、他人の肉棒を股の間の穴に受け入れ、子供を作る禁忌な悦びに、浅ましいまでに嬉々とする。

性器が擦れあう部分からは、はしたない汁音がねばるようにひびいた。

狭い膣穴を出たり入ったりする陰茎には、早くもヨーグルトのような白い粘液が付着している。

性器の隙間から、ブクブクと大小とりどりの泡が立つ。

「あああ。あああああ」

（美佳さん）

よほど気持ちがいいのだろう。

ポルチオを杵（きね）のようにペニスで突かれ、旨みを増した餅さながらの子宮が、波打つ動きでむせび泣く。キュッと亀頭を締めつける。

（気持ちいい）

せつないほどのしびれが陰茎から全身にひろがった。口の中いっぱいに唾液が湧き、歯茎がうずいて鳥肌が立つ。

今日も美佳の膣は狭隘だ。極悪に蠕動する蛇腹のような胎路が、ムギュリ、ムギュリと休むことなく怒張を締めつける。ブチュブチュと、どうしようもなくカウパーが、ぬめる膣ヒダにねばりつく。

「美佳、マ×コ気持ちいいか」

「おおお。おおおおおっ」

膣奥深くまで亀頭をえぐりこみ、淑女とも思えぬ恥知らずなあえぎ声をあげさせながら、健は言葉責めをくりだした。

――ああ、いやらしい。いやらしいこと言いたくなっちゃう。今まで言えなかったこと、言いたくなっちゃうンン！

（言わせてあげるよ、美佳さん）

美佳の心の声を聞き、健はますますいきり立つ。

「言うんだ。マ×コ気持ちいいか。このモジャモジャマン毛のエロマ×コ」

そう言って、もっさりと縮れ毛をそそけ立たせる陰毛繁茂を、髪でも洗うようにシャカシャカとかきまわした。

「うあああ。やめてえぇえ。コンプレックスなの。そんなこと言われたら感じちゃう。健さん、私感じちゃう。気持ちいい。気持ちいい。あああああ」

（美佳さん）

「言うんだ、マ×コ気持ちいいか」

「おおお。おおおおお」

「美佳っ！」

「き、気持ちいい。マ×コ気持ちいい。健さん、私マ×コ気持ちいい。もっといじめて。もっとせつなくさせてえぇ」

（おおお……）

健は感激する。美佳の中に、すでに母親の呪縛はなかった。その姿はどこかにかき消えている。

美佳は解放されていた。

いやらしい自分と、覚醒した女体を恥じらいながらも受け入れて、人生初体験の「下品な悦び」に、なにもかもかなぐり捨てて酔いしれる。

「美佳、マ×コ気持ちいいか。このモジャモジャマ×コ」

シャカシャカシャカ！　モッサモッサ！

「ああ、気持ちいい。モジャモジャマ×コ気持ちいいの。ごめんなさい、こんなにモジャモジャで。恥ずかしいけど、気持ちいい。健さん、気持ちいい！」

「しかもこのデカ乳輪！」

「ンッヒイイ！」

美佳におおいかぶさり、両手で荒々しくおっぱいをわしづかみにした。

とろけるようなやわらかさの乳房をねちっこく揉みしだき、デカ乳輪を盛りあげる大ぶりな乳首にむしゃぶりつく。

れろれろれろ。ピチャピチャ。

「おおお。ごめんなさい。乳輪も大きいの。こんな乳輪いやだった。みんなみたいにふつうがよかった。ふつうがあああああ」

「デカ乳輪」

「うあああ。もっと言って。もっと辱めて」

「デカ乳輪。剛毛マ×コ。エロ女」

「あああああ。ごめんなさい。デカ乳輪でゴメンナサイ。オマ×コの毛、ボーボーでごめんなさい。いやらしい女なの。ずっと隠してたけど、いやらしい女なの。嫌いにならないで。お願いだから、お願いだからあああ」

（なるもんか）

「ああ、美佳！」

パンパンパン！　パンパンパンパンパン！

「おおお。おおおおおおっ」

いよいよ健のピストンはラストスパートに入った。汗を噴きださせる熱い女体を抱擁し、狂ったような勢いで前へうしろへと腰をふる。

「おお、ぎもぢいい、ぎもぢいい、ごんなのばじめで、ばじめでなのあああ」

美佳の喉からほとばしる声は、すべての音に濁音がつきはじめた。

見ればとうとう、清楚な美女は完全な白目。あうあうとあごがふるえ、だらしなく開いた唇からは、ねばりの強い唾液があふれて首へとつたう。

――気持ちいい、健さん。もうだめ。もう健さんなしに生きていけない。生きていけないンン！

心の叫びも大音量で脳髄にとどく。

(美佳さん、愛してる)

幸せいっぱいの健は両手で最愛の熟女を抱きすくめた。極悪なピストンマシーンとなって、ポルチオ責めを連打連打でしつこくくりだす。

「おおお、おぐイイッ！　おぐイイン！　おぐっ、おぐっ、おぐおぐおぐっ、おおおっ！　おおおおおおっ！」

(もうだめだ)

どんなにアヌスをすぼめても限界のようである。地鳴りのような音が少しずつこちらに近づいてくる。陰茎の芯が熱くなり、うずまく濁流と化した精液が陰嚢から泡立ってせりあがる。

「おおおっ。おおおおおっ」

（あ……）

——チ×ポ。幸せ。チ×ポ。健さんのチ×ポ。大きい。硬い。あの人よりいい。恥知らず。最低の女。幸せ。でも、幸せ。オナニー。

（美佳さん）

いよいよ美佳の心の声が狂乱ぶりを増した。

もはや言葉は断片でしかなくなり、前後の脈絡もなくなって、洪水のように脳になだれこんでくる。

（うわあ。うわあああ）

——健さん、連れてって。お母さん、見つかった。オナニー。最低の女。いい子になるから。いい子にするから。

（す、すごい。美佳さん、ああ、そろそろイクッ！）

パンパンパンパン！　パンパンパンパン！

「おおう。うおおうおうおうおおおおおっ」

——毛。毛が生えてきた。

（み、美佳さん）

——オマ×コ。私のオマ×コ。毎日苦しかった。すごくうずいた。

（ああ、美佳さん！）

——オナニーしたかった。あなた。結婚。はじめての夜。信じたかった。さよなら。健さん。健さん。チ×ポ。硬い。この人が好き。ついていく。オナニーしたかった。セックスが怖かった。

（うわあ、すごい。すごいすごい！）

——モジャモジャ。モジャモジャマ×コ。乳輪。恥ずかしい。気持ちいい。マ×コ気持ちいい。どうして。やっぱり。おかしい。オナニー。オナニーしたかった。さわりたかった。みんなやってること。母の顔。ほっぺ。熱い。お尻。お母さん。さよなら。夫婦のセックス。見てしまった。お父さんとお母さん。お母さん。チ×ポ。刺さってた。私は驚きました。ケダモノ。裸のお母さん。お母さんじゃなかった。あなたは誰。どうして怒るの。ケダモノ。あなただって。私は驚きました。赤ちゃん。幸せ。欲しい。なりたい。幸せ。なにもいらない。たたかれるの好き。お尻。美佳と申します。お尻。お義母さん。お尻。好き。オマ×コ。好き。お義母さん。好きになってもらえなかった。どうしてですか。オマ×コ。オマ×コ。健さん。好き。健さんだけ。健さんだけ。あなた。さようなら。

(美佳さん！)

「ああ、イグッ！　イグッ！　イグゥ、イグゥ！　あっあああああっ！」

「で、出る……」

「うおおおおっ！　おっおおおおおっ!!」

──どぴゅどぴゅどぴゅ！　どぴぴぴっ！　びゅるるっ！

(ああ……)

ついにふたりして、ロケット花火のように打ちあがる。

抱きしめあい、ふたりでひとつのとろけるようなエクスタシーに、脳髄を白濁させて酩酊する。

なにも見えない。なにも聞こえない。まばゆいばかりの白い世界を、どこまでもどこまでも美佳を抱きすくめて上昇する。

気持ちよかった。全身がペニスになったかのよう。何度も何度も脈動し、こしらえたばかりのザーメンを、ドクン、ドクンと膣奥深くに注ぎ入れる。

もう美佳は、中はだめとは言わなかった。中出し射精など当然だとばかりに、幸せそうに痙攣する。たとえどんなにときが経とうと、この強烈な射精だけは終生忘れない――健はそう思った。

「はうう……健、さん……」

ようやくアクメのカタルシスから少しずつ我に返りだす。

「城戸くん、でいいですよ」

健はそう言ったが、美佳はそんな健を抱きすくめ、首すじに熱っぽく美貌を埋めた。

「こんな女なの」

「美佳さん……」

「自分でも知らなかった。ほんとよ。嘘じゃない。でも、こんな女だったの。いいの、こんな女で？　いやじゃないの？　あっ……」

健は美佳を見た。

両目をうるませ、世にも美しい痴女はじっとこちらを見つめかえす。性器はなおもひとつにつながったままである。

「美佳さん、俺、今までの人生で、今がいちばん幸せです」

心からの思いを口にした。

そんな健に、痴女はくすぐったそうにする。

「でも……私のことをもっと知ったら、もしかしたら――」

「大丈夫」

幸せそうにしながらも、なおもとまどう最愛の人妻に健は言った。

「心配しないで。美佳さんのことなら」

ひと呼吸置いた。

美佳を見る。美佳は「健さん」と心で呼んだ。

健は言った。

「美佳さんのことなら俺、なんでも理解できるから」

※この作品は「紅文庫」のために書下ろされました。

紅文庫

# 奥（おく）さまは痴女（ちじょ）

庵乃音人（あんのおとひと）

2022年 9月 15日　第 1 刷発行

企画／松村由貴（大航海）
DTP／遠藤智子

編集人／田村耕士
発行人／日下部一成
発売元／株式会社ジーウォーク
〒 153-0051 東京都目黒区上目黒 1-16-8 Yファームビル 6 F
電話 03-6452-3118
FAX 03-6452-3110

印刷製本／中央精版印刷株式会社



ISBN978-4-86717-459-3